Bernd-Lutz Lange

Dämmerschoppen

Geschichten
von drinnen und draußen

Aufbau Taschenbuch Verlag

ISBN 3-7466-1386-8

3. Auflage 2001
Aufbau Taschenbuch Verlag GmbH, Berlin
© Gustav Kiepenheuer Verlag GmbH, Leipzig 1997
Einbandgestaltung Torsten Lemme
unter Verwendung eines Fotos von Helfried Strauß
Druck Elsnerdruck, Berlin
Printed in Germany

www.aufbau-taschenbuch.de

Inhalt

Die Drehtür 7
Sprachdenkmäler 10
Weitsicht 14
Volksmund 15
Auf der anderen Seite der Barrikade 16
»U-Boote« in Berlin 18
Gröfaz und Reichswasserleiche 22
Unwörter 31
Metamorphosen 36
Der »lange Weller« 37
Täve 40
Gummistiefel und Gurken 43
Gert Fröbe aus Zwickau 51
Der Pianist 55
Wie es kam, daß ich für Angelika Domröse sang 57
Der Minister und meine Ohren 60
Überraschungsangriff 62
Drushba 63
Der alte Čapék 66
Carossi 68
»Ein Wunder!« 70
Hermann hießr! 74
Tauschland 78
Mut 79
Der 9. Oktober 1989 81
Einmalig 94
Wandel 95
Perpetuum mobile der Macht 98
Einladung 99
Werteverlust 100

Zeitensprünge 101

Perfekt 102

Eine Frage des Gedächtnisses 103

Ereignis 105

Der Meister 106

Die Vernissage 107

Post 110

Der Künstler 112

Die Gräfin vom Ku'damm 113

Essen in England 114

Ein Getränk 115

Wie ich zwei Weltstars kennenlernte 116

Die Audienz 120

Moses 122

Das Ende der Andacht 126

Abgeguckt 127

Glasers Sprüche 128

Ein polnischer Tscheche in Deutschland 130

Hamburger Impression 134

Erinnerung 136

Toleranz 138

Zwischen allen Stühlen 139

Die neue Höflichkeit 142

Die neue Zeit 143

Der Beweis 144

Baufreiheit 145

Es ging nicht immer seinen Gang 148

Die erste Reihe 151

Menschen an der Pleiße 155

Der Drache aus Dresden 167

Logik 171

Lafontaine im Gewandhaus 172

Ein Glück 174

Ausstellungseröffnung 175

Geduld 176

Die Drehtür

Ich mag die alten Drehtüren aus dunkelbraunem Holz und Glas. Sie strahlen Ruhe aus, Bedächtigkeit. Gutmütig drehen sie ihre Runden, ruhen in sich, haben so gar nichts von der Nervosität der Pendeltüren. Sie sind die stillsten unter den Türen. Man kann sie nicht im Zorn zuknallen. Sie bewegen sich nur, wenn ein Mensch herantritt und sanft Hand anlegt. In den Pausen sind die Drehtüren Stehtüren.

Was haben sie nicht alles schon erlebt? Demokratien und Diktaturen. Einige sogar zwei Revolutionen.

Die alten Drehtüren werden immer seltener. In Leipzig sind die letzten der typisch deutschen Renovierungssucht seit der Wende zum Opfer gefallen. Ein paar neue sind hinzugekommen. Doch was ist so ein großes chromblitzendes Etwas, das sich geisterhaft von allein bewegt, sobald man in seine Nähe kommt, und das den Rhythmus der Schritte vorgibt, was sind diese modernen Eingangsschleusen gegen eine alte Drehtür …

In Paris, Prag und Wien hab ich ein paar gesammelt. Sie gehören mir, niemand weiß es, und ich lasse sie ja auch dort.

Eine Drehtür steigert die Spannung. Man fällt nicht einfach mit der Tür ins Haus. Der Auftritt im Hotel, Kaffeehaus oder Bankgebäude wird vorbereitet. (Wobei die Türen vermutlich bei den Banken nur eingebaut wurden, damit der Räuber mit dem erbeuteten Geld nicht so schnell flüchten konnte!)

Ein weiterer Vorteil ist, daß es in Räumen mit solchen

Türen nicht zieht! Den Zug fängt die Drehtür ab. Und somit ist sie auch eine Windfangtür!

Die Drehtür ist eine Art Kreisverkehr für Fußgänger, sie sorgt in einem Atemzug für unseren reibungslosen Ein- und Ausgang. Man kommt sich im Gehege nicht ins Gehege.

Ich erinnere mich, daß mir in meiner Kindheit nicht ganz geheuer war, wenn ich mit Schulkameraden eine Drehtür benutzte und sich plötzlich zwei als solche entpuppten, die einen gern ärgerten. Dann paßten sie jenen Moment ab, bei dem man in seinem Drehtürfach gefangen war und stoppten mit Gewalt die Drehung. Ich war dem hilflos ausgesetzt, konnte weder vor noch zurück und hoffte, daß bald jemand käme, der mich aus der kurzen Gefangenschaft erlöste.

Eine Drehtür zwingt den Benutzer zur Langsamkeit. Hektische Menschen kommen damit nicht klar und werden von der Tür sofort mit Einklemmen bestraft. Wer das Entreé rasant schaffen will, kann sich unter Umständen am Ausgangspunkt wiederfinden. Charlie Chaplin hat es in einem seiner Filme wunderbar komisch gezeigt.

Es gibt einen Witz von einem Betrunkenen, dem der Mann an der Bar wegen seines Zustandes nichts mehr ausschenkt. Er verläßt das Lokal, gerät aber durch den Schwung der Drehtür wieder in den gleichen Raum. Es bleibt dabei, daß er kein Glas mehr bekommt. Nachdem der Mann zum dritten Mal an der selben Theke landet, fragt er den Barkeeper verwundert: »Sagen Sie mal, gehören Ihnen denn alle Kneipen in der Straße!?«

Die Drehtür, diese Kreisfläche im Übergang, ist exterritoriales Gebiet. Man ist nicht mehr draußen, aber auch noch nicht drin. Es gibt eine kurze Phase des Alleinseins, des Nachdenkens, wenn der Benutzer seine stille halbe Runde dreht. Wenn er den Raum betritt, steht vielleicht schon jemand da und wartet, daß das Viertel frei wird. Man lächelt sich kurz an, und das Türenkarussell dreht sich weiter.

Wir leben unentwegt mit Menschen in gegenläufigen Bewegungen. Die Hälfte der Menschen geht oder fährt immer an der anderen Hälfte vorbei.

An der Drehtür wollen die einen raus und die anderen rein. Und manche sind auch draußen und kommen nie wieder rein.

Sprachdenkmäler

Wenig erinnert daran, daß jahrhundertelang deutsche Juden in unserem Land lebten, einige erhalten gebliebene Synagogen und vor allem Friedhöfe.

Aber noch auf einem anderen Gebiet spiegelt sich das einstige Leben wider: in unserer Sprache!

Einer meiner jüdischen Freunde schickte mir eine Liste mit umgangssprachlichen Begriffen und Redewendungen, von denen ich bei einer ganzen Reihe nie vermutet hätte, daß ihre Wurzeln im Hebräischen liegen. Diese Formulierungen gebrauchen wir bis zum heutigen Tag. Viele sind vom Hebräischen – mehr oder weniger verändert – ins Jiddische übernommen worden. Jiddisch entstand im Mittelalter, eine Mischsprache aus mittel- und oberdeutschen, aus semitischen und slawischen Elementen. Es gilt als die Umgangssprache der Ostjuden und wurde vor allem in Rußland, Polen und Galizien gesprochen. Mit der verstärkten Einwanderung um die Jahrhundertwende kam auch Jiddisch wieder mehr unter die Deutschen. Besonders groß ist der Anteil solcher Entlehnungen noch heute im Berliner Dialekt. In der Hauptstadt lebten die meisten ostjüdischen Familien, die ganze »Mischpoke«, wie die Familie im Jiddischen genannt wird. »Mischpacha« heißt sie auf Hebräisch.

Wenn Sie jemanden veralbern oder »veräppeln« wollen – und das kommt in den besten Familien vor –, dann hat das nichts mit »Äppeln« zu tun, es geht auf »ewil« zurück: »Dummkopf«.

Irgendwann kamen Sie sich bestimmt auch schon »belemmert« vor, d. h. Sie waren überrascht oder verdattert. In diesen Zeiten oft ein Normalzustand. Aber wer weiß schon, daß »b'li emor« »sprachlos« bedeutet!?

»Dufte« ist für mich der Inbegriff der »Berliner Schnauze«. In meiner Jugend sprach man von »duften Bienen«, von denen es in der Hauptstadt reichlich gab. »Dufte« aber kommt vom hebräischen »tow«, das »gut« oder »fein« bedeutet.

Wenn es irgendwo »haarig« zugeht, dann heißt das, eine ganz bestimmte Sache wird gefährlich. Und »harog« bedeutet auch »töten«.

Wenn mein Berliner Freund Pepe in den sechziger Jahren wissen wollte, ob das Mädchen, mit dem er mich im Café Corso sah, meine neue Freundin war, dann fragte er: »War det deine Ische?« Das Wort leitet sich ab von »Ejschess«, im Hebräischen »Weib« oder »Ehefrau«.

Auch »kess« hätte ich als Sprachschöpfung der Hauptstädter angesehen ... eben wegen der kessen »Berliner Jören«. Der achte Buchstabe des hebräischen Alphabets heißt »chess«, und daher stammt diese Bezeichnung.

Oder »Kies«, ein Synonym für »Geld« und ein berühmter Begriff aus dem Rotwelschen, der Gaunersprache, geht auf das Wort »kiss« zurück, das »Tasche« oder »Geldtasche« bedeutet.

»Ohne Moos nichts los!« – die Erfahrung haben Sie bestimmt auch schon gemacht! Heute mehr denn je! Der Spruch will nicht zum Ausdruck bringen, daß das Leben ohne das niedrige grüne Gewächs im Wald nicht lebenswert ist – jeder weiß, daß Scheine und klingende Münzen die Voraussetzung für angenehme Stunden sind. Die hebräische Vokabel für Geld ist »moess«.

Wenn es jemandem finanziell immer besser geht oder eine große Erbschaft angetreten wird, dann sagt man mitunter: »Mensch, hat der vielleicht einen Massel!« Jedem ist klar, daß hier einem Menschen das Glück hold ist. Von »mazal« wird dieses Wort abgeleitet. Genauso bekannt ist auch das Gegenteil von Glück, wenn einen scheinbar unentwirrbare Probleme plagen, dann gerät man in einen üblen »Schlamassel«!

Benimmt sich jemand besonders daneben oder gibt wunderliche Dinge von sich, dann sagen wir mitunter etwas deftig, der oder die hat »eine Macke«. »Maka« heißt »Hieb« oder »Schlag«, und tragischerweise kann sich auch unter ungünstigen Umständen nach einem entsprechenden Schlag solch ein Spätschaden einstellen ...

Vielleicht wohnt dieser Jemand in einem »Kaff«, einem »gottverlassenen Nest« also, und der Huf eines Pferdes hat ihn einst getroffen und die Denkstörung ausgelöst ... »Kfar« heißt »Dorf«, und dieses Wort steht in Israel vor dem Namen der jeweiligen kleinen Ortschaft. Mein Freund Alfred Glaser wohnte z. B. bis zu seinem Tode in Kfar Monasch.

Manchmal fühlen wir uns »mies«, vielleicht auch deshalb, weil sich jemand ausgesprochen »mies« benahm. »Miuss« heißt übersetzt »ekelhaft« oder »häßlich«.

Ein »Nassauer« stammt nicht etwa aus Nassau! Wer so genannt wird, ist ein »Schlitzohr« und lebt gern auf Kosten anderer. Man kann nicht gerade behaupten, daß dieser Typ Mensch auf der Liste der vom Aussterben bedrohten Arten steht. »Nasson« heißt auf hebräisch »geben« oder »schenken«, und der »Nassauer« nimmt sehr gern und schlaucht sich so durchs Leben.

In heutigen Zeiten wird das Wort »Pleite« wieder häufiger gebraucht. Man macht »pleite« oder ist es. »Pleitje« heißt in der Sprache der Hebräer »Flucht«, und die folgt oft auf dem Fuß. Erinnern wir uns nur an den berühmten Pleitier Schneider!

Manchen »Ramsch« wollen uns die Kaufleute noch als

»Schnäppchen« unterjubeln. Doch »ramo« heißt »betrügen«, und da kommen wir der Sache schon viel näher! Auch »Tinnef« könnten wir die sogenannten »Schnäppchen« nennen, und »tinnuf« bedeutet schlicht und einfach »Dreck«.

Zu Silvester wünscht man sich einen »Guten Rutsch« – selbst diese Formulierung stammt aus dem Hebräischen. Hier bedeutet »rosch« »Anfang«.

Aber die »Sauregurkenzeit«, die ist doch total auf deutschem Mist gewachsen? Irrtum! Der eingedeutschte Begriff leitet sich von »zarot«, »Sorgen«, und »jakrut«, »Teuerung«, ab.

In meiner Jugend war das Wort »Schäker« noch sehr verbreitet. Wer gern »schäkerte«, der »poussierte« oft mit dem anderen Geschlecht. Ein Witz aus den sechziger Jahren ging so: Walter Ulbricht war im Krankenhaus hervorragend gesund gepflegt worden. Die nette Krankenschwester durfte sich etwas von ihm wünschen.

Sie wünschte sich die Öffnung der Mauer für einen Tag.

Drauf der sächselnde Parteichef: »Na, du kleiner Schäker, du willst wohl mit mir alleine sein!?«

Wenn mein Freund Pepe über einen Witz besonders lachte, dann meinte er: »Det is ne Schote!« – »Schote« heißt »Narr«.

Leute, die viel »Stuß« reden, können einem mit der Zeit ganz schön zu schaffen machen. Auch das ist ein Wort aus jener Sprache, »schtut« bedeutet entweder »Unsinn« oder »Torheit«.

Dies sind bei weitem nicht alle Wörter und Redewendungen, die unser Sprachschatz aus dem Hebräischen bzw. Jiddischen in sich birgt, aber diese Beispiele zeigen, wie nahe einst Juden und Nichtjuden zusammenlebten und wie aufmerksam sie einander zuhörten.

Weitsicht

Im »Leipziger Jüdischen Familienblatt« vom Juli 1931 fand ich folgenden Witz:

Ein jüdischer Herr auf dem Finanzamt. Er hat Streit mit dem Steuerbeamten. Es kommt zu keiner Einigung über die zu zahlende Summe. Schließlich sagt er:

»Na, warten Sie nur, wenn das Dritte Reich da ist!«

Der Beamte lacht. »Ausgerechnet Sie sagen das? Was haben Sie denn Gutes zu erwarten?«

»Dann ist am Finanzamt ein Schild angebracht: Juden Eintritt strengstens verboten!«

Das war sozusagen vorgezogener Galgenhumor.

Volksmund

Ephraim Carlebach war einst ein bedeutender Rabbiner in Leipzig und gründete die Israelitische Schule in der Gustav-Adolf-Straße. Den Festvortrag im Jahr 1992 zur Gründung der nach ihm benannten Stiftung, die sich vor allem dem Leben und Werk jüdischer Leipziger widmet, hielt sein Neffe, Rabbiner Dr. Felix Carlebach aus Manchester. Ein Mann, schon über die Achtzig, aber mit einer Begeisterung auslösenden Jugendlichkeit. Temperamentvoll erzählte er vom Leben im Vorkriegs-Leipzig, sprach über die bedeutenden Leistungen in Kunst und Kultur, die großen Konzerte, die Theaterpremieren und Ausstellungen.

Schließlich kam er auf eine Schande besonderer Art zu sprechen: 1936 rissen die Nazis bei Nacht und Nebel das Denkmal von Felix Mendelssohn Bartholdy ab. In der Nacht vom 9. zum 10. November ... genau zwei Jahre vor dem Novemberpogrom 1938.

Und er erinnerte sich, welch schwarzen Humor der Volksmund, auf Mendelssohn gemünzt, für diese Barbarei parat hatte:

»Er war eine Kanone und er wird eine Kanone!«

Auf der anderen Seite
der Barrikade

Friedl Heilbronner, eine Schwester des berühmten Regisseurs Max Ophüls, erzählte mir drei Begebenheiten aus der Geschichte ihrer Familie, die sich mir für immer eingeprägt haben.

Zunächst die heitere: Irgendwann im ersten Viertel dieses Jahrhunderts stand ihr Vater Leo Oppenheimer an einem 1. Mai in der Tür seines Konfektionshauses in Saarbrücken und schaute sich den Zug der Demonstranten an. Zu seiner großen Verwunderung entdeckte er plötzlich seinen eigenen Sohn Max darunter. Der hatte damals seinen Familiennamen noch nicht abgelegt. Stolz trug der Sohn des Unternehmers ein Transparent durch die Straßen: »Nieder mit dem Kapitalismus!«

Auch die Familie Oppenheimer mußte Deutschland nach dem Sieg der Nationalsozialisten verlassen. Leo Oppenheimer wurde bei einer Razzia in Frankreich im Keller eines Hauses entdeckt. Die SS-Leute fragten ihn als erstes, wovon er denn lebe, und dann mußte er seine Taschen ausleeren. Er sagte, daß er noch Reste seines Vermögens, das er mit seinem Konfektionsgeschäft in Saarbrücken verdient hatte, besitze. Sofort wurde einer der SS-Männer hellhörig und fragte nach dem Firmennamen.

»Bamberger und Hertz«.

»Das sind Sie?«

»Ja.«

Der SS-Mann zog aus seiner Tasche einen kleinen Reklamespiegel der Firma Bamberger und Hertz. Seine

Eltern hatten dort stets alle Kleidung für ihn eingekauft. Der Schwarzuniformierte leistete sich einen Anflug von Menschlichkeit, nahm Oppenheimer das Geld und sagte: »Hau ab!«

Der Tochter Friedl Heilbronner gelang die Flucht nach Argentinien. Auf der Überfahrt sprach sie ein Deutscher an, sie meinte aber zu ihm, daß er nicht viel Freude an einem Gespräch mit ihr haben werde. Die Frage, was sie nach Argentinien führe, beantwortete sie mit einem knappen: »Das verdanke ich Ihrem Führer!« Daraufhin erzählte ihr der Mann, daß er von Beruf Ingenieur wäre und in Auschwitz zu tun gehabt hätte.

Das Fazit dessen, was er wußte, formulierte er so: Er habe jeden Glauben an die Menschheit verloren und könne mit seiner Familie nur noch im Urwald leben.

»U-Boote« in Berlin

Auf einem Klubabend für den »Verband ehemaliger Leipziger« in Tel Aviv lernte ich Inge Deutschkron kennen. Ich hatte schon von ihrem Buch »Ich trug den gelben Stern« gehört. Wieder nach Leipzig zurückgekehrt, las ich den spannenden und bewegenden Bericht über ihr Leben als jüdisches Mädchen in der Illegalität.

Mit ihrer Mutter überlebte Inge Deutschkron die Nazizeit mitten in Berlin. Die beiden zählen zu den etwa 1200 Jüdinnen und Juden in der Hauptstadt, die als »U-Boote« – so nannten sich die Untergetauchten – den Vernichtungslagern entgingen.

Und es hätten noch mehr überleben können, wenn SS und Gestapo nicht unentwegt auf der Jagd gewesen wären und wenn es nicht Menschen wie Stella Kübler und Rolf Isaaksohn gegeben hätte, die, um ihren Kopf zu retten, mit der Gestapo gemeinsame Sache machten … Hunderte jüdische Frauen und Männer, die genaue Zahl läßt sich wohl nie mehr feststellen, haben diese beiden »Greifer« auf dem Gewissen.

Stella war eine schöne Frau. Sie wurde aber von jenen, die durch sie im KZ landeten, und von den Untergetauchten nur »Das blonde Gift« oder »Das blonde Gespenst« genannt. Peter Wyden aus den USA, der als Schüler in Berlin noch Peter Weidenreich hieß, hat ihre Lebensgeschichte aufgeschrieben. Er ging mit ihr in die Goldschmidt-Schule und beschreibt sie als die »Marilyn Monroe unserer Schule«. Alle Jungs waren in Stella Goldschlag verknallt. Sie war künstlerisch begabt, konnte

18

gut singen und schauspielern. Die Ausreise gelang der Familie nicht mehr, und so landete Stella schließlich als Zwangsarbeiterin in der Rüstungsindustrie.

Irgendwann wurde auch sie ein »U-Boot«, wurde von der Gestapo verhaftet und gefoltert. Sie glaubte, daß sie ihre Eltern vor der Deportation retten könnte und ging deshalb auf Jagd nach jüdischen Frauen und Männern ... Für diesen Zweck erhielt sie sogar einen Revolver.

Ihre Eltern konnte sie nicht retten, aber ihr eigenes Leben erkaufte sie sich mit dem Tod unzähliger Menschen.

Nach dem Krieg war sie zehn Jahre in einem Straflager der Russen. Danach stand Stella Kübler in Westberlin noch einmal vor Gericht und wurde zu weiteren zehn Jahren Haft verurteilt. Peter Wyden, der ehemalige Mitschüler, hat sie in einer westdeutschen Kleinstadt aufgespürt und mit ihr gesprochen. Sein 1993 erschienenes Buch liest sich wie ein Kriminalroman. Nur ist die Geschichte nicht erfunden, die tragische Verstrickung einer deutschen Jüdin in die Vernichtung Berliner Juden hat sich tatsächlich so zugetragen. Wydens Klassenkameradin wurde vom Opfer zum Täter.

Ich las »Stella« zufälligerweise vor Ort, während eines mehrtägigen Gastspiels in Berlin. Ich saß in einem Café am Olivaer Platz, als ich las, daß es Stella an einem Tag gelungen war, aus einem der Cafés dort fast zwanzig Juden zu verhaften. Und ich schaute unwillkürlich zur Tür, als könnte »Das blonde Gift« noch in den Raum treten.

Mit ihrem Partner Rolf Isaaksohn oder allein war die bildschöne Frau zwischen Staatsoper und Café Kranzler unterwegs und hatte einen untrüglichen Instinkt für auftauchende »U-Boote«. Einige ihrer Opfer kannte sie sogar persönlich. Es gab wilde Verfolgungsjagden, bei denen sie von Gestapobeamten unterstützt wurde. Ein erschütternder Roman.

Ich dachte während des Lesens oft an Inge Deutschkron, die unter Umständen eines der Opfer von Stella hätte sein können. Inge Deutschkron lebt und arbeitet als Journalistin und Schriftstellerin in Tel Aviv und Berlin. Während meines Aufenthaltes in der Hauptstadt hätte ich sie gern getroffen, sie in unsere Vorstellung zu den »Wühlmäusen« eingeladen und mit ihr über »Stella« gesprochen.

Leider bekam ich über ihre Telefonnummer keine Verbindung. Nach Erkundigungen erfuhr ich, daß sie inzwischen wegen zunehmender Drohanrufe und Beschimpfungen einen anderen, nicht öffentlichen Anschluß besaß.

Meine Frau besuchte mich in Berlin, und ich holte sie am nächsten Tag vom Bahnhof Friedrichstraße ab. Mit der S-Bahn fuhren wir Richtung Westen. Ich erzählte ihr die Geschichte von Inge Deutschkron, die sich wieder schützen mußte.

Bei der Nennung dieses Namens blickte eine Frau zu uns auf. Dann kommentierte sie leise das Gesagte, was ihr augenscheinlich bekannt war: »Sie hat ja auch allen Grund.«

»Kennen Sie Frau Deutschkron?«

»Eine Schulfreundin von mir.«

Unglaublich. In dem riesigen Berlin mit über drei Millionen Einwohnern begegneten wir in der S-Bahn ausgerechnet einer Freundin von Inge Deutschkron! Nun erzählte ich ihr in aller Kürze, denn uns blieben nur wenige Haltestellen bis zum Savignyplatz, wo und warum ich Inge Deutschkron kennengelernt hatte und daß ich mich mit der Geschichte jüdischer Familien in Leipzig beschäftige. Ich sagte ihr auch, daß ich sehr beeindruckt sei von Peter Wydens Buch.

»Peter Wyden ist mein Cousin.«

Meine Frau und ich sahen uns verblüfft an. Da hatte der Zufall auf ganz besondere Weise Regie geführt! Nun erzählte Ursula F., wie sie selbst als »U-Boot« in Berlin überlebt hatte.

In »Stella« ist auch ihre Geschichte aufgeschrieben.

Im August 1944 entdeckte sie am S-Bahnhof Gesundbrunnen ein Mann namens Behrend. Er war einer von Stellas jüdischen Gestapo-Kollegen. Ursula F. kannte ihn und war vor ihm schon gewarnt worden. Sie floh. Er verfolgte sie. In ihrer Verzweiflung sprang sie vor den einfahrenden Zug. Sie wurde schwer verletzt und kam ins jüdische Krankenhaus, wo sie mit Fieberschüben monatelang zwischen Leben und Tod schwebte. Dies alles rettete ihr aber schließlich das Leben, denn sie war nicht transportfähig. Im Juni 1945 konnte sie das Krankenhaus verlassen, für immer gehbehindert, aber am Leben! Ihre Eltern wurden in Auschwitz ermordet.

Savignyplatz. Wir mußten aussteigen, verabschiedeten uns in Eile und standen ganz benommen von dem Erzählten auf dem S-Bahnhof. Gerade so ein S-Bahnhof hatte das Schicksal von Ursula F. einst bestimmt ...

Gröfaz und Reichswasserleiche

Bei Gedenktagen und Gedenkreden über die unseligen Jahre deutscher Vergangenheit wird einer garantiert immer vergessen: der Volksmund. Sein Widerstand im Witz wird nirgends erwähnt. Niemand stiftet ihm ein Denkmal.

Ralph Wiener schreibt in seinem Buch »Als das Lachen tödlich war« über den Flüsterwitz im sogenannten Dritten Reich: »Er war ein Akt des Widerstandes von Menschen, die ansonsten ohnmächtig dem sie bedrückenden System gegenüberstanden.«

Wenn der Volksmund auch nicht in der vordersten Reihe des Kampfes gegen den Nationalsozialismus zu finden war, so blitzte der Geist pointierter Wortspiele doch in den zwölf Jahren in Wohnzimmern, auf Straßen, in Kneipen, Bussen und Läden verstohlen auf. Ein umgemünzter Begriff der täglichen Propaganda oder ein Witz unter Freunden, Bekannten oder Verwandten – das war ein Vertrauensbeweis, der im schlimmsten Fall zu einem Beweis vor Gericht werden konnte.

Und auch wegen eines Lachens konnte man ein Urteil kassieren. Die auffordernde launige Frage »Was gibt es für neue Witze?« wurde knapp beantwortet: »KZ«.

Und wenn sich jemand nach Erzählen eines Witzes unter vier Augen nicht sicher fühlte – und das waren oft beide –, so zeigten sie beim Abschied rückversichernd auf den anderen: »Sie haben aber auch was gesagt!«

Diktaturen sind der ideale Nährboden für politische Witze.

»Dieser Witz bewährt sich als geistiges Ventil«, meinen

Milo Dor und Reinhard Federmann in ihrem Buch über den politischen Witz, »als Wirkstoff gegen die totale Verzweiflung und als Regulativ zur Wiederherstellung des seelischen Gleichgewichts. Mehr noch, er verleiht dem Unterdrückten dem Unterdrücker gegenüber eine Position geistiger Überlegenheit.«

Die NS-Diktatur schuf nicht nur als erstes Regime dieser Welt Gesetze zum Vernichten von Menschen, sondern auch Gesetze gegen Witze-Erzähler.

Werner Finck sagt im Vorwort zu »Der politische Witz« von Dor und Federmann, daß der totalitäre Staat nur gegen den Witz machtlos ist. »Allenfalls kann er den Witzeerzählern an den Kragen. Die Witze selbst entziehen sich jeder Verfolgung.«

Wieviel Angst hat ein Regime vor dem Lachen, wenn es Todesurteile wegen eines Witzes ausspricht? Die Gerichte besaßen Witzverzeichnisse, und wurden während der Verhandlung Witze verlesen, herrschte im Saal Totenstille, denn wer getraute sich da zu lachen!? Von einigen Monaten Gefängnis bis zum Todesurteil war alles möglich. Wie fing dies alles an? Im Jahr 1932, nach der Wahlniederlage der NSDAP, nahm der Volksmund die fünf Buchstaben noch als Kürzel für »NUN SIND DIE AUCH PLEITE«. Leider war die Pleite von kurzer Dauer. Am 30. Januar 1933 hieß es: »NACH SCHLEICHER DARF ADOLF PROBIEREN.« Dann war die schnelle Anpassung zum Überleben gefragt, und die Masse positionierte das Mäntelchen entsprechend: »NA, SUCHST DU AUCH 'N POSTEN?« Einige überstürzten sich förmlich:

»Ich bin ein uralter Kämpfer! Ich marschierte schon hinter der Hakenkreuzfahne, als das Hakenkreuz noch gar nicht drin war!« So kann man sich entlarven!

Mitte des Jahres 1933 gab es Abteilungen bei der SA, die fast ausschließlich aus ehemaligen Kommunisten bestanden. Das waren die »Beefsteak-Stürme« – außen braun und innen rot.

Es begann jene Zeit, in der Goebbels die auflagenstärkste Zeitung Deutschlands gründete: »Schnauze« – die muß jeder halten! Die »Neue Deutsche Rundschau« war wiederum keine Zeitung, sondern der entsprechende vergewissernde Blick, um unliebsame Horcher auszumachen.

Lutz Röhrich schreibt in »Der Witz« über diesen politischen Humor: »Die Witze sind eine Auseinandersetzung mit dem System. Sie ziehen das Ernste, Schlimme, Lebensbedrohende in einen komischen Konflikt, und sie verraten eine erstaunliche Einsicht in die tieferen Gründe und Hintergründe der Geschehnisse.«

So definierte man den Hitlergruß: »Aufgehobene Rechte«.

Das Volk, das da jubelte, wußte viel und jubelte trotzdem?

»Ist dort Meyer?«

»Wie bitte?«

»Meyer. Ist dort Meyer?«

»Nein, hier ist Müller.«

»Oh, Entschuldigung, da habe ich falsch gewählt.«

»Macht nichts, das haben wir ja alle.«

Die Wahrheit fand als Witz Verbreitung:

Am Abend des Reichstagsbrandes kommt ein Mitarbeiter von Göring aufgeregt ins Zimmer gerannt: »Herr Ministerpräsident! Der Reichstag brennt!«

Göring blickt auf seine Uhr: »Schon?«

Das Volk wußte mehr, als es sich eingestand.

Es gab Texte, die an Dialektik und Genauigkeit des jüdischen Witzes erinnern, und mancher stammte bestimmt auch von deutschen Juden.

Ein KZ-Aufseher fragt einen Häftling, welches seiner

24

beiden Augen das künstliche ist. Der antwortet ohne zu überlegen: »Das linke.«

»Wie hast du das so schnell gemerkt?«

»Es blickt so menschlich.«

Was für eine tragikomische Analyse des Terrorsystems.

Ein Gestapobeamter überwacht die Predigt und stellt anschließend den Pfarrer zur Rede, weil er gesagt habe: »Die Lüge hinkt durch das Land, und die Wahrheit ist verloren!«

»Haben Sie bei Ihren Worten an eine Persönlichkeit aus unserer Regierung gedacht!?«

»Wie kommen Sie darauf?«

»Nun, unser Propagandaminister hinkt ja bekanntlich!«

»Na gut, aber lügt er denn auch!?«

In welcher Zeitspanne schlug die Begeisterung der Masse für die Goebbelsreden um, so daß der Propagandaminister nun »Reichslügenmaul«, »Schrumpfgermane«, »Giftzwerg« und »Humpelstilzchen« genannt wurde? Diese Begriffe waren gewiß nicht nur bei der Opposition im Umlauf.

Goebbels liebte den deutschen Film und vor allem die deutschen Filmschauspielerinnen. Das brachte ihm den Spitznamen »Bock von Babelsberg« ein.

Die Frau des Regisseurs Veit Harlan (u. a. »Jud Süß«), die Schauspielerin Kristina Söderbaum, mußte in einigen Rollen Selbstmord im Wasser begehen. So bekam sie vom Volk den schönen Beinamen »Reichswasserleiche«.

Viele der Flüsterwitze sind in kirchlichem Milieu angesiedelt. Ein katholischer Christ geht zur Beichte:

»Hochwürden, ist es eine Todsünde, wenn ich auf einen Mann so eine Wut habe, daß ich ihm den Tod wünsche!?«

»In *diesem* Fall nicht.«

Ein besonderes Merkmal des Witzes in der Diktatur – das Unausgesprochene setzt die Pointe, alle verstehen.

25

Nach einschlägigen Erfahrungen benannte der Volksmund die katholischen Marientage um: »Maria Denunziata, Maria Haussuchung und Maria Gefängnis«.

Die »Deutschen Christen« waren eine Gruppe fanatischer Nationalsozialisten innerhalb der evangelischen Kirche, denen das Hakenkreuz näher stand als das christliche Kreuz. Sie gingen mit dem Antisemitismus des Staates konform und akzeptierten auch keine getauften Juden in der Gemeinde. In einer Predigt ereifert sich solch ein linientreuer Pfarrer: »Juden raus!«

Darauf steigt Jesus vom Kreuz.

Die NS-Theologie versucht sogar zu »beweisen«, daß Jesus nie Jude gewesen sein könne. Sie drückten ihm durch pseudowissenschaftliche Verfälschungen das Etikett »Arier« auf!

Nach dem Novemberpogrom von 1938 deutete der Flüsterwitz die Buchstaben KdF (»Kraft durch Freude«) in neuer Weise. Nach den vielen Plünderungen in jener Nacht interpretierte sie der Volksmund: »Kauf durch's Fenster!«

Als die Diffamierung der jüdischen Menschen eine neue Stufe erreicht hatte und sie zum Tragen des gelben Sterns gezwungen wurden, nannten diesen den deutschen Juden wohlgesonnene Leute »Pour le semit«.

Der Instinkt des Volkes analysierte unglaublich präzis:
»Der Deutsche ist entweder klug und Nationalsozialist.
Dann ist er nicht ehrlich.
Oder er ist ehrlich und Nationalsozialist.
Dann ist er nicht klug.
Oder er ist klug und ehrlich.
Dann ist er nicht Nationalsozialist.«

Viele sahen die Kluft zwischen Theorie und Praxis der Rassenfanatiker:
»Wie soll der deutsche Jugendliche aussehen?«

»Blond wie Hitler, schlank wie Göring und groß wie Goebbels.«

Das unselige Dreigestirn bot viel Stoff für Galgenhumor:

»Hitler wird nie den Krieg gewinnen! Sieh dir den Globus an! Das kleine Deutschland! Und wo überall unsere Truppen stehen! Und hier das riesige Rußland und ...«

»Hör auf, ich weiß, aber weiß das auch der Hitler!?«

Adolf Hitler, von den seinen und sich selbst gefeiert mit der pompösen Formulierung »Größter Feldherr aller Zeiten«, wurde vom Volk zum »Gröfaz« degradiert. Entthronung durch Abkürzen.

Bekanntlich soll Hitler in Zuständen höchster Erregung in den Teppich gebissen haben. Als er im Kaufhaus ein Exemplar für seine Reichskanzlei aussucht, fragt ihn die Verkäuferin: »Wollen der Führer, daß ich ihn einpacke, oder essen Sie ihn gleich hier?«

Göring war für seine permanente Eitelkeit berühmt. Bei einer Reise durch den Teutoburger Wald sieht er plötzlich von weitem ein riesiges Denkmal.

»Was ist denn das?«

»Das ist das Hermannsdenkmal.«

Der Herr Ministerpräsident fühlt sich enorm geschmeichelt: »Aber, aber – das wäre doch für die paar Tage nicht nötig gewesen.«

Die Versorgung wurde immer schlechter, aber ein Artikel kam neu auf den Markt: Goebbels-Hüte. Kleiner Kopf und großer Rand. Und das Massenradio der NS-Zeit, der Volksempfänger, hieß im Volksmund nur »Goebbelsschnauze«. Die kleinen Leute wußten auch genau, warum Fett so knapp war:

»Weil Goebbels so viele schmalzige Reden hält.«

In Deutschland gab es inzwischen zwei Klassen von

27

Menschen: Unterernährte und unter der Hand Ernährte!

Aber Gerechtigkeit widerfuhr jenen, denen es nicht gut ging: Keiner soll hungern, ohne zu frieren!

Das ist tiefster schwarzer Humor unter extremen Lebensbedingungen. Womit tröstet man sich? »Nach dem Krieg wird alles gut. Da gibt es Butter in Hülle und Fülle!« – »Warum?« – »Dann werden alle Hitler-Bilder entrahmt.«

Der totale Krieg forderte neue Opfer. Ein Funktionär der NSDAP kommt aufs Land zu einem Bauern und erklärt ihm wortgewaltig, daß er mehr für das Reich opfern müsse. Wenn er noch zwei Kühe habe, dann müsse er eine abgeben, wenn er zwei Sack Weizen habe, müsse er einen abgeben, wenn er zwei Anzüge habe, dann müsse er sich auch von einem trennen.

»Die Schwarzen in Afrika«, so klärt ihn der Funktionär auf, »die haben überhaupt keine Anzüge!«

Drauf fragt der Bauer: »Wie lange regieren denn dort schon die Nazis?«

Nach dem Überfall auf die Sowjetunion verringert sich die Zahl der Siegesgläubigen:

»Was ist der Unterschied zwischen Adolf Hitler und der Sonne? Die Sonne geht im Osten auf, doch Adolf geht im Osten unter.« Dabei war es nicht Adolf, sondern es waren der Vater, der Sohn, die auf dem sogenannten Feld der Ehre starben.

Die letzte Chance, das NS-Regime zu stürzen, ist mit dem mißlungenen Attentat vom 20. Juli 1944 vergeben worden: »Adolf Hitler ist ein Blindgänger, weil er nicht krepiert ist.« Wer das dem Falschen erzählte, der hatte sein Todesurteil gesprochen …

Wie lange der Krieg noch dauerte, bewegte die Menschen nun täglich. Und sie buchstabierten NSDAP neu:

»Nur solange die Affen parieren« oder in einer anderen Variante: »Nur solange die Armee pariert« ...

Unter dem Druck der Verhältnisse parierten sie bis zum bitteren Ende. Allerdings kehrte sich nun manches um: »Heim ins Reich!« war jene Parole, die den Beginn eines neuen Großdeutschlands einleiten sollte. Und locker dichteten Soldaten den Spruch nach entsprechenden privaten Beutezügen um: »Reich ins Heim!« Die deprimierten und kriegsmüden Landser im Osten sahen das inzwischen ganz anders: »Heim, uns reicht's!«

Der Rückzug der faschistischen Deutschen Wehrmacht aus der Sowjetunion geriet zum »Kaiser-Napoleon-Gedächtnis-Rennen«.

Galgenhumor half zu überleben. Die Berliner blieben Realisten: »Eh ick mir hängen lasse, jloob ick an den Sieg!«

Humor half auch, die permanenten Bombennächte im Keller zu überstehen: »PoPo« wünschte man seinen Freunden beim Verabschieden, und die wußten, wie das zu deuten war: »Penne ohne Pause oben!«

Göring hieß längst »Hermann Meier«, denn er wollte ja diesen Familiennamen annehmen, wenn ein feindliches Flugzeug trotz Flak-Abwehr nach Deutschland käme. Es waren schon viele gekommen. Goebbels, den Gauleiter von Berlin, nannten die Hauptstädter nun den »Schuttpatron« und schließlich meinten sie, Rommel hätte ihn abgelöst, weil er sich in der Wüste besser auskenne.

Es ging zu Ende.

Der Gruß »Heil Hitler!« sollte zugunsten »Heil Schultheiß!« aufgegeben werden.

Warum?

An jeder Ecke eine Niederlage.

Der Galgenhumor war auf einem gespenstischen Höhepunkt angekommen:

»Wenn der Krieg aus ist, dann nehme ich mein Fahrrad und fahr damit durch ganz Deutschland!« – »Sehr schön und was machst du am Nachmittag?«

Der Humor besiegte nicht die Angst, aber half, mit ihr umzugehen.

Im Mai 1945 atmete die Bevölkerung tief durch, nie schien vermutlich ein Frühling so anders zu sein, und auch der Witz bekam eine lockere, frühlingshafte Dimension. In jenen Tagen starb der Flüsterwitz.

Das Fazit der zwölf düsteren Jahre konnte der Volksmund wieder laut sagen:

»Wie schnell doch die Zeit vergeht! Schon sind tausend Jahre um.«

Unwörter

Unwörter haben für mich etwas Unheimliches. Ich glaube, daß wir Deutschen in der Erfindung solcher Vokabeln besonders begabt sind. Würde der Weltmeister im sprachlichen Verschleiern gekürt, wir hätten alle Chancen auf den Sieg.

In der Nazizeit entstanden besonders zynische Umschreibungen. Die Ermordung von Menschen wurde mit einem so harmlos wirkenden Begriff wie »Sonderbehandlung« umschrieben. Ein vom Sinn her Hoffnung weckendes Wort von der »besonderen Behandlung« steht für gewaltsamen Tod. Dann der Begriff »Endlösung«. »Lösung« allein reichte nicht. Unterschwellig wurde auch an »Erlösung« angeknüpft. Dabei verbarg sich hinter der »Endlösung« die unfaßbare Ausrottung der europäischen Judenheit, die erst kurz vor deren völliger Vernichtung gestoppt wurde ...

Den Klassenkampf funktionierten die »Herrenmenschen« zum »Rassenkampf« um, den »Rassenschänder« ließen sie von Gerichten verurteilen. Damit war ein deutscher Jude gemeint, der mit einer »deutschblütigen« Frau ein Verhältnis hatte. Dieser Mann besaß »artfremdes Blut«. War das in den bekannten Blutgruppen nicht erfaßt? Das »Blutschutzgesetz« diente nicht etwa dem Schutz der Patienten vor Krankheitserregern bei eventuellen Transfusionen, nein, damit sollte »deutsches Blut« geschützt werden. Denn ein richtiger »Vollarier« hätte sich nie und nimmer durch das Blut eines »Volljuden« retten lassen, eher wäre er krepiert.

»Entjudung« – das rief Assoziationen zu »Entlausung« wach – belegt, wie überall aus öffentlichen Ämtern, aus Kunst und Kultur, aus Forschung und Wissenschaft, deutsche Juden vertrieben wurden.

Was stellen Sie sich unter der »Reichsfluchtsteuer« vor?

Nicht das Reich flieht und muß dafür Steuern bezahlen, sondern eine jüdische Familie, der es zum Glück gelang, nach den Diffamierungen und Angriffen das Land noch verlassen zu dürfen. Und deshalb kassierte das Finanzamt ordentlich ab, damit das »jüdische Kapital« im Lande blieb. Der Begriff »Reichsflucht« erinnert schon an das einige Jahre später aufkommende Wort von der »Republikflucht«, wo Millionen wiederum einer Diktatur davonliefen. Demagogisch auch das NS-Unwort von der »Schutzhaft«. Wurde da jemand in Haft genommen, um ihn zu schützen, oder schützte sich der Staat vor ihm? Vor dieser Haft konnte die Betroffenen niemand mehr schützen, und daraus wurde zumeist eine Dauerhaft, die nicht selten mit dem Tod des »Schutzhäftlings« endete.

Welcher Zeit würden Sie den Begriff »weiche Ziele« zuordnen? Nein, der stammt nicht aus der Nazizeit, der wurde in unseren Tagen von Militärs geschaffen. Im Gegensatz zum »Pappkameraden«, der menschenähnlichen Figur, auf die bei Übungen geschossen wird, werden hier im Ernstfall »weiche Ziele«, also Menschen, anvisiert.

Können Sie sich vorstellen, gegen welche Personen sich die »Antipersonenmine« richtet?

»Asylantenflut«, »Rentnerschwemme« und »Altenplage« sind Formulierungen, die mit Begriffen aus Naturkatastrophen arbeiten, gegen die man sich also scheinbar nicht wehren kann.

Schon taucht »ausländerfrei« in der Bundesrepublik Deutschland auf und erinnert an das nazistische »judenfrei«. Mancher Ort im NS-Deutschland schmückte sich

32

mit diesem Prädikat. Ein Ausländer, den man heutzutage mit Gewalt in sein Herkunftsland zurückschickt, wird im Kanzleideutsch zum schlichten »Abschübling«, der in »Verbringungsgewahrsam« zu nehmen ist. Und das Morden in seiner Heimat wird zur »ethnischen Säuberung«. Auch ein Wort wie »Sozialhygiene« tauchte in der Verwaltung des Landes Berlin im Zusammenhang mit der Abschiebung eines straffällig gewordenen Ausländers auf. Da werden Erinnerungen an die nazistische »Rassenhygiene« wach. Daß die Zahl der in Deutschland lebenden Ausländer in den letzten Jahren zunahm, veranlaßte einen Politiker, von der »durchraßten Gesellschaft« zu reden. Und Leute wie er sind garantiert auch der Auffassung, daß der »Überfremdung« Einhalt geboten werden muß. Für den Ausländer ist es aber vielleicht sowieso besser, wenn er Deutschland verläßt, sonst wird er noch von kahlköpfigen jungen Männern »aufgeklatscht«. Oder im schlimmsten Fall sogar »abgefackelt« …

Und wie geht es Ihnen? Wohnen Sie eigentlich noch in Ihrer alten Wohnung oder wurden Sie schon »entmietet«? Fielen Sie in Ihrem Betrieb der »Verschlankung« zum Opfer? Das klingt doch viel schöner als Entlassung, schließlich leben wir in einer Gesellschaft mit einem Schlankheitsideal! Oder »Freisetzung«! Ist es nicht schön, frei zu sein!? Na bitte! Während sie also vielleicht zu denjenigen gehören, die dem »sozialverträglichen Stellenabbau« anheimfallen, spricht man anderenorts von »Diätenanpassung«. Woran werden die Diäten angepaßt? An die Einnahmen jener, die »sozialverträglich abgebaut« werden? Eine Erhöhung der Bezüge schlicht als »Anpassung« zu bezeichnen – darauf muß man erst mal kommen!? Aber wenn es um mehr Geld geht, dann blüht auch die Phantasie der Politiker!

»Umbau des Sozialstaates« klingt nach Verbesserungen

für die Bürger des Landes, denn wenn jemand z.B. sein Haus umbaut, dann verbessert sich die Raumaufteilung. Werden Politiker mit dieser Formulierung beim Wort genommen, sollte ein Gewinn das Ziel sein und nicht – wie in der Realität – ein Abbau! Das bezieht sich auch auf die »Gesundheitsreform«. Nach wie vor erscheint uns eine »Reform« als ein positives Anliegen; allein mit dem Begriff wird beschönigt, daß es bei diesem Vorhaben um Einschränkungen der bisherigen Leistungen geht! Und nun stecken wir in Deutschland gar noch in einem »Reformstau«!

Ich möchte die Plauderei über Unwörter heiter ausklingen lassen. Nichts ist dafür besser geeignet als einige Schöpfungen der Partei- und Staatsbürokratie der DDR.

Wem lacht nicht das Herz bei der »Rauhfutterverwertenden Großvieheinheit« (die Kuh), beim »Jahresendkarussell mit Flügelfiguren« (die erzgebirgische Pyramide mit Engeln) oder beim »flexiblen transportablen Schüttgutbehälter« (der Sack). Mitunter konnte man in der Industrie mit neuen Namen den Preis korrigieren, indem man den Produkten bessere Gebrauchseigenschaften zuschrieb – so erfanden pfiffige Möbelexperten das »Beherbergungsgerät« als Bezeichnung für den Schrank, die »Fußgängerschutzleuchte« für die Taschenlampe, den »Holzgliedermaßstab« für den Zollstock und die »Handschlagrute« für den Schneebesen! Das sind, um es noch einmal zu betonen, keine witzigen Erfindungen des Volksmundes, sondern ernst gemeinte Schöpfungen, die in Plänen, Konzeptionen und auf »Beipackzetteln« zu lesen waren. Und auch der »VEB Erdmöbel«, eine Fabrik für Särge, ist keine Legende! Die »Komplexannahmestelle« nahm nicht etwa Ihre Komplexe an, sondern beschäftigte sich mit diversen Reparaturen von Haushaltsgegenständen und der Reinigung Ihrer Kleidungsstücke.

Den permanenten Mangel im Land umschrieb man beschönigend mit »Bedarfslücke« oder »Engpaß«. Und wenn etwas »durchgestellt« wurde, dann gab es an der Sache nichts mehr zu deuteln. Jegliche Diskussion war in diesem Fall überflüssig.

Die Zeit bei der Nationalen Volksarmee stuften die Funktionäre als »Ehrendienst« ein. Ich habe aber in den DDR-Jahren niemanden kennengelernt, der diese 18 Monate so empfand.

In »Eigeninitiative« wurde auch gern doppelt gemoppelt, »Fachexperten« und »Testversuch« sollten die Effizienz der Wirtschaft steigern. Bekanntestes Unwort aus dieser Rubrik war die »Volksdemokratie«, »Volksvolksherrschaft« würde es korrekt übersetzt heißen.

Gaststätten wurden zum »Erlebnisbereich«, als wäre das die einzige Chance, im Land jemals etwas zu erleben. Ganz abwegig war die Bezeichnung allerdings nicht, es kam in diesen Bereichen durchaus zu abenteuerlichen Erlebnissen …

Wenn Sie in der DDR das Rentenalter erreichten, dann brachte das ein sehnsüchtig erwartetes Privileg: sie erhielten die »Grenzmündigkeit« und konnten fürderhin, so lange sie auf Erden wandelten, in den westlichen Teil Deutschlands fahren! Wer das nicht erwarten konnte und versuchte, sich vorher auf illegalem Weg davonzumachen, also eine Fluchthilfe-Organisation in Anspruch nahm, der begab sich in die Hände von »Menschenhändlern«.

Noch ein schönes Unwort mit echt deutschem Hintergrund aus meinen Kinderjahren: Ich entsinne mich, daß in Zeitungen zur Faschingszeit Veranstaltungen mit »Kostüm- oder Kappenzwang« annonciert wurden.

Ich bin überzeugt: Das gibt es nur in Deutschland, daß jemand mit Gewalt am Betreten des Saales gehindert wird, weil er kein Kostüm oder keine Kappe trug!

Metamorphosen

Augenzeugen berichten, daß die Leipziger Universität nach 1933 sehr schnell braun wurde, zum Ausgleich ist sie dann nach 1945 schnell rot geworden.

Prof. K. arbeitete während der Nazizeit an der Universität über menschliche Rassenunterschiede. Natürlich alles hochwissenschaftlich. An der Leipziger Universität wurde gleich 1933 ein Institut für Rassenkunde gegründet.

Allerdings: '45 war die schöne Theorie nicht mehr gefragt, und all seine bedeutenden Erkenntnisse schwammen den Bach bzw. die Pleiße hinab.

Der Professor stolperte aber nicht etwa in der neuen Zeit über seine Forschungsergebnisse, nein, er kam an einem Institut unter. In Vorlesungen rettete er seine Rassentheorie – in die Bärte hinüber. Das soll heißen: Er glaubte, an der Bartform den Charakter des Trägers zu erkennen.

Der Teufel muß den Professor geritten haben, als er in seinem wissenschaftlichen Eifer die Bilder an den Wänden übersah und im Hörsaal beispielsweise vor Männern mit Spitzbärten warnte!

Darüber stolperte er.

Der »lange Weller«

Die Mutter vom »langen Weller« wohnte in meiner Heimatstadt Zwickau im Haus gegenüber und war mit meinen Eltern gut bekannt. Sie hatte in der »Bäschschdeinschdraße« eine kleine verräucherte Kneipe: die »Hopfenblüte«.

Ich entsinne mich eines Bildes, das dort hing, und wie ich mühselig entzifferte: »Schnaps, das war sein letztes Wort, dann trugen ihn die Englein fort!« Ein total beschnickerter, selig lächelnder, rotnasiger Mann war darauf zu sehen, der von niedlichen Engelchen im Fluge nach oben bugsiert wurde. Als treuer Besucher des Kindergottesdienstes wunderte ich mich doch sehr, daß sich Engel mit betrunkenen Menschen abgaben.

Aber, das wollte ich gar nicht erzählen. Ich wollte vom »langen Weller« berichten, einem Sohn der »Hopfenblüten«-Wirtin. Den Namen hatten ihm die Zwickauer nicht ohne Grund gegeben! Seine genaue Größe weiß ich nicht mehr, jedenfalls waren es um die zwei Meter zwanzig!

Sie sehen, die Sachsen waren immer schon die größten!

Was macht man, wenn man zwei Meter zwanzig lang ist? Richtig! Man geht zum Zirkus!

Der »lange Weller« arbeitete beim Zirkus Krone. Ich besaß ein Foto, da stand er als Cowboy verkleidet in der Manege, hielt die Hände hoch und sah nach unten. Dort stand einer jener kleinwüchsigen Menschen, die wir damals noch Liliputaner nannten, den Sheriffstern an der Weste, und hielt eine Pistole quasi in den Himmel.

37

Es gab auch ein Bild, wo der »lange Weller« mit gegrätschten Beinen im Zirkusrund stand und die Ponys unter der lebenden Brücke hindurchliefen.

Unvorstellbar war für mich jene Geschichte, die er Verwandten von mir erzählte und wobei er zum Beweis seine Hosenbeine lüpfte: beide Schienbeine waren voller blauer Flecke. Warum? Notorisch mißtrauische Menschen hatten mit Stöcken und Schirmen gegen die endlos langen Beine geschlagen, um herauszufinden, ob er wirklich nicht auf Stelzen lief …

Der »lange Weller«, wenn er seine Mutter besuchte, war für mich *die* Sensation von Zwickau. So groß! Vom Zirkus! Und aus dem Westen! Und ein Westauto! Und was für eins! Der Sitz hatte Rollen, damit er seine Beine unterbrachte. Vermutlich war auch das Lenkrad verlängert.

Ein unglaubliches Bild gab er ab, wenn er sein Auto wusch! Wenn er das Dach mit einem Lappen abwischte, sah es aus, als wische unsereiner über den Tisch. Leute gingen in Gedanken vorbei, plötzlich stockte ihr Schritt, und sie wirbelten mit erstaunten Gesichtern herum. Die jungen Mädchen in der Tanzstunde Müller kreischten auf, als der »lange Weller« den Saal betrat.

Nichts stimmte mehr in der Relation. Alles bekam durch den Gulliver-Effekt etwas Unwirkliches. Wie hat er das ein Leben lang verkraftet? Das unendlich banale Gespött, wie denn die Luft da oben sei.

Die Beschädigungen waren bestimmt nicht nur in der Art von blauen Flecken.

Außer einer Mütze oder Taschentüchern konnte er nichts von der Stange kaufen. Seine Kleidung war Sonderanfertigung. Erst recht sein Wohnwagen im Zirkus und das Bett. Wenn er nach Zwickau kam, ließ er sich hin und wieder beim Schneidermeister Lohse einen An-

38

zug nähen. Ich erinnere mich an ein Foto in der »Freien Presse« (die weder frei noch Presse war), wo der Schneidermeister von einer Treppenleiter aus Maß nahm.

Als er sich vom Zirkus zurückgezogen hatte, machte er eine Bar auf »Zum langen Bimbo« – nach seinem Künstlernamen.

Was blieb ihm weiter übrig, als aus seiner Riesenhaftigkeit Kapital zu schlagen ...

Ob zu groß oder zu klein, all diese Menschen dienen der Unterhaltung jener, die glauben, die richtige Größe zu haben.

Täve

Kein Sportler war in der DDR jemals so beliebt wie er: Gustav Adolf Schur! Wir Schulkinder waren alle von ihm begeistert. Die Friedensfahrt, die jeweils Berlin, Prag und Warschau in unterschiedlichen Richtungen verband, war *das* internationale Ereignis für uns in der ostdeutschen Provinz.

In der Schule bastelten wir Wandzeitungen, auf denen der Streckenverlauf genau markiert wurde, und auch ich hatte meine privaten Aufzeichnungen zu den Gewinnern jeder Etappe.

Wenn die Friedensfahrer aus Prag kamen, konnte ich bei meinem Cousin in der Zwickauer »Bäschschdeinschdraße« (Für die Nichtsachsen will ich das Geheimnis nun doch einmal lüften: Es handelt sich um eine Straße, die nach dem in Zwickau geborenen Maler Max Pechstein genannt wurde!) aus dem ersten Stock auf das bunte Feld sehen. Das war ein Spitzenplatz, um den mich meine Schulkameraden beneideten.

Unvergeßlich ist mir die Woge der raunenden und lauten Rufe, die sich am Straßenrand bei den vielen Menschen fortsetzte: »Sie kommen!« Schnell raste der bunte Haufen vorbei. Die Leute blieben, bis der letzte Fahrer außer Sichtweite war. Ich erinnere mich an Dhana Singh, den Inder, der am Schluß des Feldes ebenfalls noch umjubelt wurde. Er war der erste Mensch, den ich leibhaftig mit einem Turban sah! Solch eine Kopfbedeckung kannte ich bis dahin nur aus Märchenbüchern.

Wir litten mit dem Italiener Cestari, der auf drei Etappen jeweils lange Zeit geführt hatte und den jedes Mal kurz vorm Ziel eine Verfolgergruppe einholte. Es reichte nie für einen Sieg, und deshalb weinte er einmal in aller Öffentlichkeit, weshalb er mir unglaublich leid tat.

Meine Freunde und ich waren in unseren Kinderjahren alle begeisterte Radfahrer und kurvten wie die Wilden mit unglaublichen Vorkriegs-Mühlen durch die Gegend. Ich war etwa zwölf Jahre, als es sich meine Eltern leisten konnten, mir für 25 Mark solch eine »alde Schiddl« aus dritter Hand zu kaufen. Ich liebte mein Rad! Mit meinem Freund Uwe veranstaltete ich in unserem tristen Hof wahre Putzorgien. Da wurde geölt und geflimmert, die bunten Putzringe wurden um die Naben gefädelt, damit der Chrom in der Sonne blitzte. Fahrradfahren war zu unseren Zeiten bei dem spärlichen Autoverkehr relativ ungefährlich. Wir leisteten es uns auch hin und wieder, zu fünft nebeneinander um die Ecke zu fahren. Unter höllischem Lärm! Denn wir besaßen alle Sturmklingeln!

Was war eine Sturmklingel?

Man zog an der Lenkstange an einer Schnur und dadurch bewegte sich ein Rädchen aus Plaste an den Reifen und setzte eine kugelige Klingel in Dauerbetrieb – zur Freude aller Anwohner!

Daß solche Ungetüme seinerzeit erlaubt waren, wundert mich noch heute!

Ein Bekannter von mir, der – und das war damals eine große Seltenheit – ein Rennrad besaß, hieß bei all seinen Freunden nur »Täve«. Und wenn ich ihn heute, als Mann von über fünfzig Jahren treffe, dann nenne ich ihn immer noch so!

Anfang 1997 kam ich mit meinem Kollegen Gunter Böhnke aus der Leipziger Kümmelapotheke und ging mit ihm zur Vorstellung in den »academixer«-Keller. Plötzlich sprach uns am Neumarkt aus einem Kleinbus im Vorübergehen ein Mann an und sagte: »Na, Ihr alten Sachsen! Wie geht's Euch denn!?«

Ich sah mir den Mann an und dachte: Das gibt's doch nicht, der Täve!

Nach über vierzig Jahren konnte ich meinem Radrenn-idol erzählen, wie ich als Kind aus dem Fenster hing, um in den »Täve«-Ruf einzustimmen!

Gummistiefel und Gurken

Nach meiner Lehre in der Stadtgärtnerei zu Zwickau, wir schreiben das Jahr 1962, gab es dort keine Planstelle. Deshalb wurde ich innerhalb dieses städtischen Betriebes in eine Brigade für Freiflächengestaltung eingewiesen. Das bedeutete, ich konnte das Gelernte überhaupt nicht anwenden, keine Gruppenpflanzen für die Grünanlagen aufziehen oder Alpenveilchen hegen und pflegen. Fürderhin sollte ich lediglich Erde hin und her bewegen.

Diese Tätigkeit verrichtet man üblicherweise mit einer Schaufel, eine wahrhaft harte Arbeit, die durch inzwischen aufgetretene Rückenprobleme nicht leichter wurde. Dies waren genug Gründe, mich nach einer anderen Tätigkeit umzusehen.

Inzwischen hatte ich mich an ersten journalistischen Arbeiten versucht. In einer Zeitung für den Zwickauer Kreis erschien sogar eine Fortsetzungsserie von mir unter dem Titel »Auf den Straßen Europas«. Sie werden vielleicht fragen, was sich in der DDR dahinter wohl verbergen konnte? Mein Cousin Werner Lange war Rallyefahrer in der Werksmannschaft vom VEB Sachsenring und hatte das seltene Glück, in jenen Jahren von der Tulpen-Rallye bis zur Sternfahrt München–Wien–Budapest und sogar der Rallye Monte Carlo alles zu fahren. Für mich verkörperte Werner mit seinen Reisen durch ganz Europa einen Traum, den ich mir vermutlich nie würde erfüllen können.

Durch eine Bekannte hatte ich Kontakt zur CDU-

Zeitung »Union« bekommen. Man bot mir an, kleine Beiträge für die Bezirksausgabe zu schreiben. Ich verfaßte zum Beispiel einen Artikel über so welterschütternde Ereignisse wie die Umstellung des Verkehrs auf dem Zwickauer Dr.-Friedrichs-Ring und steckte dafür glatt acht Mark in die Tasche!

Schließlich fragte ich an, ob es für mich eine Arbeitsmöglichkeit an dieser Zeitung gäbe, und nach Prüfung meiner Artikel bekam ich einen Termin beim Chefredakteur Fuchs in Dresden. Pfeiferauchend stellte er mir ein Volontariat in Aussicht, schließlich eine weitere Qualifizierung über ein Studium.

Mit der täglichen Verteilung von Erdmassen im Rücken natürlich eine verlockende Zukunft! Ich sah mich schon meinem erträumten Künstlerdasein näherkommen.

Aus den Träumen wurde ich sehr schnell gerissen, als Herr Fuchs sagte: »Damit wir Ihre politische Einstellung kennenlernen können ... schreiben Sie uns doch einmal einen Beitrag zu dem Thema ›Das 7-Punkte-Programm Ulbrichts aus der Sicht eines Christen‹.« Meine journalistischen Träume gingen in Pfeifenrauchschwaden auf. Den Artikel haben die Unionsfreunde von mir nie bekommen. Hart spürte ich den Schaufelstiel in der Hand.

Mein Scoliose-Rücken mußte sich wieder auf Belastungen einstellen.

Ich suchte mir eine andere Arbeit als Gärtner und stieg im Betrieb meines Freundes Rudolf Kleinstück mit ein: dem Gemüsekombinat der LPG »Sieg des Sozialismus« in Mosel bei Zwickau. Sie wissen es längst: Rudolf und ich haben durch unsere fleißige Arbeit die Niederlage auch nicht aufhalten können!

Sehr, sehr früh rumpelten wir mit einem H6-Diesel-Bus vom VEB Ernst-Grube-Werk Werdau die Leipziger

Straße entlang, stapften über ein Feld und verbotener-
weise über Gleisanlagen, weil wir dadurch den Weg ab-
kürzten.

In dieser LPG-Zeit ließ meine äußere Erscheinung zu
wünschen übrig: unrasiert (Das war damals noch nicht
Mode!), mit erdverkrusteten Schuhen, die Klamotten
dem LPG-Ambiente angepaßt. Die Gewächshaus-Anlage
war seinerzeit der letzte wissenschaftlich-technische Fortschritt in unserem Land! Firstlüftung! First class sozusagen! Um zu lüften drückte man nur noch auf einen
Knopf, und der ganze First öffnete sich automatisch.

Nur leider ... schob er sich nicht mehr ganz zusammen! Und im Winter sah man darunter eine schnurgerade Schneelinie über der grünen Petersilie – ein hüb-
scher Kontrast.

Die gefrorene Petersilie wurde abgeschnitten und in
einer Zinkbadewanne mit Wasser wieder zum Leben er-
weckt, damit die wertvollen Vitamine im Berichtszeit-
raum der immer besser werdenden Versorgung der Bevölkerung zugeführt werden konnten. Nun werden Sie
sagen: Es muß doch in der Gewächshausanlage eine Heizung gegeben haben ...!? Die ausgereifte, technisch voll-
kommene Heizung fiel gleich im ersten Winter aus, und
Chrysanthemen für zigtausend Mark ließen traurig ihre
weißen und gelben Köpfe hängen.

Die Gewächshäuser wurden mit einer Warmlufthei-
zung versorgt. Die Heizanlage war ein Symbol für den
Zustand des RGW. Die Heizkessel stammten aus Rumänien, die Motoren für die Greifer der Kohle aus Bulga-
rien, die Greifer selbst kamen aus der DDR oder umge-
kehrt. Nichts paßte zusammen, und das Ende vom Lied
war, daß wir eine Schräge bauen mußten, um die hoch-
wertige Braunkohle mit der Schubkarre in die Kessel zu
kippen.

Trotz Hopfenanbau in der LPG »Sieg des Sozialismus« war Hopfen und Malz verloren!

Geleitet wurde das Unternehmen vom urigen Gottfried S. Seine freundliche, stille Frau trug eine bayrische Trachtenlederjacke und war die Tochter des Kommunisten Richard Scheringer, einer Art bayrischen Bauernführers, der in den zwanziger Jahren mutig in einem Prozeß gegen Hitler ausgesagt hatte und dessen Buch »Das große Los« ich kurze Zeit später als buchhändlerische Hilfskraft in Zwickau verkauft habe. Scheringers Familie hatte es in der Bundesrepublik nach dem Verbot der KPD nicht einfach, und so lernten oder studierten einige der sieben Kinder in der DDR.

Die Arbeit in der industriemäßigen Produktion der LPG gefiel mir ganz und gar nicht, außerdem hatte ich in kurzer Zeit zwei Unfälle. Einmal rutschte ich beim Fahren eines tschechischen Einachsschleppers mit dem Fuß ab und konnte trotz der Kraft meiner Jugend das merkwürdige Gefährt nicht bremsen. Kurze Zeit darauf trat ich mit einem Gummistiefel in einen Nagel, der steil aus einem Brett aufragte und von einer Kiste wertvoller bulgarischer Glasscheiben stammte, die wir dringend benötigten. Der bulgarische Nagel fand natürlich im DDR-Gummistiefel nicht genügend Widerstand und drang bis zu meinem großen Zeh vor. Ich nahm in meinem jugendlichen Leichtsinn die Sache gar nicht so ernst. Als ich jedoch mittags durch die Gegend humpelte, packte mich mein Chef auf sein Motorrad und fuhr mich zum Arzt, der mir sofort eine riesige Tetanusspritze verpaßte.

Die Atmosphäre in der LPG war völlig entgegengesetzt zu der, die ich aus meiner Lehre in der Stadtgärtnerei kannte, wo die gemütliche Stimmung eines echten Handwerksbetriebes herrschte.

Im Gemüsekombinat saßen wir schon zum Frühstück

relativ mißmutig bei unseren »Bemmen«, tranken Milch und rauchten die köstlichen CARREE.

Ich erinnere mich an ein Erntefest der LPG im Moseler Gasthof. Die Frau des Chefs, Elisabeth S., mein Freund Rudi und ich machten sogar Kabarett. Erinnern ist vielleicht etwas übertrieben, aber ich weiß noch ungefähr, welche Getränke zum Ausschank kamen. Ständig wurden wir eingeladen, unentwegt reichte uns jemand farbige Wässerchen in ziemlich großen Gläsern, die ich damals als Wein- oder Biertrinker noch nie in meinem Leben genossen hatte. Grün, braun, rot waren die vorherrschenden Farben der Spirituosen, und sie stammten von Pfefferminz, Mokka Edel und vor allem: Kirsch.

Als ich einmal kurz frische Luft schnappte und ein paar Testschritte vor dem Haus lief, merkte ich, daß ich, ohne es im entferntesten zu wollen, plötzlich dazu neigte, ganz schnell im Kreis zu gehen und nur durch die rasant nahende Hauswand zum Stehen kam.

Ich ging in den Saal und sagte: »Rudi, warst du schon mal draußen?!«

»Nein, warum?«

»Du wirst dich wundern, wie du plötzlich gehst!«

Als wir den farbigen Flüssigkeiten endlich entfliehen konnten, offenbarte sich, daß auch bei Rudi die frische Luft Wirkung zeigte. Allerdings auf anderer Art. Immerhin standen uns einige Kilometer Fußmarsch bevor: Mosel, Oberrothenbach, Crossen, Zwickau-Pölbitz, und schließlich Zwickau-Zentrum.

Mein Freund bekam durch den Alkohol unterwegs eine Art melancholischen Anfall. Er setzte sich an den Straßenrand und steigerte sich in eine weinerliche Stimmung hinein. Wir hatten unlängst zusammen den beeindruckenden Film »Moulin Rouge« über das Leben des großen Toulouse-Lautrec gesehen. Nun wiederholte er ständig in seinem Pfefferminz-, Mokka-Edel- und Kirsch-Rausch: »Ich bin wie Toulouse-Lautrec. Ich bin ein armer, häßlicher Zwerg!«

Mein Freund Rudi ist zwar kein Riese, aber alles andere als ein häßlicher Zwerg, und ich verwendete in dieser Nacht viel Kraft darauf, ihn wieder aufzubauen und zum Weitergehen zu bewegen. Ich brachte ihn, an meinem Haus vorbei, in seine in der Nähe liegende Wohnung und erinnere mich, daß er, nach dem langen Marsch inzwischen nüchterner geworden, anschließend mich wieder nach Hause brachte.

Am nächsten Tag stillten wir unseren Katerdurst mit Bier im »Goldenen Anker« und starteten, leicht benebelt, wieder unser Lieblingsspiel, als junge attraktive Damen am Nachbartisch Platz nahmen. Wir »unterhielten« uns dann im entsprechenden Gestus einer Fremdsprache mit den lateinischen Bezeichnungen von Blumen und Gemüse.

»Aha … Lycopersicon esculentum!«

»Phaseolus … phaseolus vulgaris.«

»Cyclamen persicon giganteum!«

»Giganteum!?«

»Giganteum! Nephrolepis exaltata.«

Tomate, Bohne, Alpenveilchen, Farn und anderes mußten für eine getürkte Konversation herhalten.

Unsere persönliche Versorgung mit Gemüse war alles andere als großzügig. Wir erhielten einige »Deputatgürkchen«, verkrüppelte kleine Dinger. Pro Woche konnten wir eine »richtige« Gurke kaufen. Das war schon ein Festtag, wenn wir diese, in Zeitungspapier eingewickelt und mit unserem Namen versehen, überreicht bekamen.

Wenn im März die erste Gurke geerntet wurde, feierten wir den Schnitt der »Gärtner-Wurst« mit Amerikanern und Kirsch. Ausgerechnet Amerikaner in der LPG

»Sieg des Sozialismus«! Das allgemein bekannte Gebäck aus Rührteig, dessen flache Seite mit Zuckerguß bestrichen wird, benannten übrigens staatliche Stellen in der DDR wegen des feindlichen Namens in den fünfziger Jahren um. Da man für die Herstellung Ammoniumhydrogencarbonat brauchte, hießen die Gebäckstücke dann Ammonplätzchen. So sagte aber kein Mensch. Der neue Name stand nur auf den Schildern in den Bäckereien. Jeder Kunde verlangte weiterhin: Amerikaner. Da in den Zeiten des kalten Krieges die Amis nahezu jeden Tag in der sozialistischen Presse angegriffen wurden, übernahm der Volksmund für das Gebäck einen DDR-Begriff aus der Propaganda und sagte: »Komm, wir holen uns zwei ›Kriegstreiber‹«.

Die Beliebtheit von Kirsch in den LPG-Kreisen hatte ich schon vergessen, mein Freund Rudi erinnerte mich daran, und ich verstehe jetzt im nachhinein, warum ich solchen Likör nie wieder angerührt habe.

Die allgemeinen Arbeitsbedingungen in dieser LPG spotteten jeder Beschreibung! Pflanzenschutz betrieben wir ohne Maske und schütteten Schwefel und Kupfer gegen echten und falschen Mehltau. Was atmeten wir damals alles ein!?

Einmal rochen wir durch das Ausstreuen der Chemikalien so streng, daß wir von der Busschaffnerin aufgefordert wurden, uns an der nächsten Haltestelle in den leeren Hänger zu setzen, weil sie unsere Anwesenheit den anderen Fahrgästen nicht zumuten mochte.

Wir müssen sagenhaft gestunken haben!

Mein schönstes Werk aus dieser Zeit können Sie übrigens heute noch besichtigen. Mit einem »Stift«, also dem Lehrling, habe ich als Gärtnergeselle junge Pappeln gepflanzt. Wenn Sie, von Leipzig auf der alten Straße kommend, an der Moseler Gaststätte nach rechts in Richtung Zwickau abbiegen, dann sehen Sie links hinter den Feldern eine riesige Pappelwand.

Es gibt niemanden in meinem Freundes- und Kollegenkreis, den ich nicht über »meine Pappeln« informiert hätte, wenn wir jene Strecke im Auto fuhren.

Peter Treuner vom Kabarett »academixer« erzählte mir, daß er von meiner Kollegin Katrin Hart beim Vorbeifahren schon etwa ein Dutzend Mal auf mein grünes Lebenswerk hingewiesen wurde. Und als sie es einmal vergaß, hat er sie daran erinnert!

Gert Fröbe aus Zwickau

Was habe ich mit Gert Fröbe gemeinsam? Wir sind in der gleichen Stadt groß geworden!

Als Kabarettist bedauere ich besonders, daß ich ihn nicht mehr kennengelernt habe! Daß er auch die Kleinkunst außerordentlich liebte, las ich in seinem Buch »Auf ein Neues, sagte er ...«.

»Fröbe ist ein junger Valentin«, erkannte Erich Ponto schon früh. Er war es, der Fröbes ausgeprägtes komödiantisches Talent entdeckte.

Und eines Tages traten Fröbe und Valentin tatsächlich zusammen in einem Programm auf. Zu Silvester 1947 bestritt Fröbe den ersten Teil im neuen »Simpl«, dem seinerzeit so berühmten, aber ausgebombten Kabarett »Simplizissimus« in München. Valentin war von ihm sehr beeindruckt. Beide hatten für ihre Art von Humor eine gemeinsame Quelle: sächsische Vorfahren. Auch Valentins Mutter stammte aus einem Ort in Sachsen, der mit »Z« beginnt – sie kam aus Zittau.

Die Voraussage von Erich Ponto schlug sich außerdem viele Jahre später in einer Auszeichnung nieder: 1975 erhielt Gert Fröbe den Karl-Valentin-Orden der Münchener Narrhalla.

Nach dem Krieg spielte Fröbe mit Riesenerfolg ein Programm mit Morgenstern-Texten und Pantomimen. Sein späteres Kleinkunst-Programm »Durch Zufall frei« wurde dreißig Jahre lang zwischen München und Düsseldorf immer wieder begeistert aufgenommen.

Als ich mit Gunter Böhnke in Hallervordens Kabarett-

Theater »Die Wühlmäuse« in Berlin zum ersten Mal gastierte, sah ich im Büro an der Wand Fotos von Fröbe.
Hier hatte er also auch auf der Bühne gestanden. Wenn
die Mauer ein paar Jahre früher gefallen wäre, hätte ich
bei einem Treffen mit ihm über unser »Zwigge« plaudern können ...

Einmal ist er mir in Zwickau in der Inneren Plauenschen Straße begegnet. Es war Anfang der sechziger
Jahre. Plötzlich kam mir ein untersetzter, kräftiger Typ
entgegen, mit kurzem, flammend rotem Haar ... Mensch,
war das nicht ... ja, er war's, aber ich traute mich nicht,
ihn anzusprechen ... Ich traf ihn wenige Schritte von der
Buchhandlung Marx entfernt. Mit dem Inhaber, Christoph Freitag, war er befreundet. Mit dessen Schwester
hatte Fröbe in der legendären »Neuen Welt« bei der
ebenfalls legendären »Tanzstunden-Müllern« Walzer und
Foxtrott gelernt.

Christoph Freitag hat mir erzählt, wie Fröbe in der
Äußeren Plauenschen Straße eines Tages im offenen
VW-Käfer auf den Fußweg vor der Buchhandlung gefahren kam und den an der Tür stehenden Buchhändler
laut fragte: »Hasde ooch Biechor zu verkoofn!?«

Später besuchte er die Familie Freitag mit seinem
Mercedes 600 und fuhr zum Gaudi der spielenden Kin-
dertruppe vorm Haus erst eine Runde mit ihnen. Die interessierte der berühmte Mann überhaupt nicht, die hatten nur Augen für seinen großen Schlitten.

Wie beeindruckte er mich als Kind in den Filmen, die
ich im Zwickauer »Astoria«, »Vaterland« oder »Palast« gesehen habe! Fröbe als taubstummer Stallknecht in »Salto
mortale«. Filme, die im Zirkus- oder Artistenmilieu spielten, begeisterten mich damals ganz besonders. An »Gift
im Zoo« erinnere ich mich, an »Die kleine Stadt will
schlafen gehen« oder den spannenden französischen

52

Krimi »Es geschieht Punkt zehn«. Unvergeßlich, wie wir gefiebert haben, ob die Bombe im Fußball nun explodiert oder nicht ...

Mit sechzehn sah ich ihn als Generaldirektor in »Das Mädchen Rosemarie«. Für DDR-Jugendliche ein aufregender Blick in die sündhafte Welt jenseits der Grenze mit Callgirls und blitzenden Autos. In den »Tollkühnen Männern in ihren fliegenden Kisten« konnte er sein komödiantisches Talent voll ausspielen. Fröbe parodierte im Film akustisch perfekt Marschmusik. Das kann ich auch einigermaßen, und wir hätten bei einem Zusammentreffen ein kleines Platzkonzert geben können!

Sein typisch Zwickauer »a«, das stark einem »o« ähnelt, konnte ich immer heraushören. Und es war, glaube ich, in »Goldfinger«, wo er als Bösewicht schimpfte: »Leck mich doch om Orsch!«

Da enttarnte sich der Planitzer! Seine »Muddel«, wie in jener Gegend Mütter genannt werden, wohnte noch dort und kam im Sommer sonntags in die »Neue Welt«, die meiner Tante gehörte. Im schönen Kaffeegarten, unter Kastanien, unterhielt sich Alma Fröbe oft mit meiner Mutter, die hier als Kaffeeköchin und Kaltmamsell arbeitete. Von Alma Fröbe bekam ich auch ein Autogramm ihres berühmten Sohnes.

Natürlich war sie stolz auf ihn, aber die vielen Bösewichte, die er spielte, machten ihr zu schaffen. Vor allem solche Rollen wie die des Kindermörders Schrott in der spannenden Dürrenmatt-Verfilmung »Es geschah am hellichten Tage«. Sie beschwerte sich dann bei ihm: »Gert, du bist so ein guter Mensch, warum mußt du immer solche Bösewichte spielen!?« Irgendwann hört eben das Verständnis einer Mutter auf ...

Die Stadt Zwickau hat ihren bekannten Sohn, damals eben »ein Bürger der BRD«, garantiert nie zu einem

Gastspiel eingeladen. Fröbe hätte eine solche Einladung bestimmt gern angenommen, denn er war in seiner Heimatstadt mit vielen Menschen verbunden. In Planitz spielte er sogar hin und wieder bei seinen Besuchen mit einer Truppe aus den Jugendtagen Skat. Er konnte im Leben sehr großzügig sein, aber beim Skat feilschte er um jeden »Pfäng«, wie in Zwickau jene kleine Münze genannt wird, und duldete keine »Fissemaddenzchn«. Das sächsische Wort stammt bekanntlich aus dem Französischen und deshalb sei erwähnt, daß Fröbe ein fabelhaftes Französisch mit stark sächsischem Akzent sprach! Auch wenn er nie in seiner Heimatstadt auftrat, so war es, wie mir sein Freund Christoph Freitag gesagt hat, »praktisch schon ein Gastspiel, wenn er nur durch die Stadt ging!«

Der Weltstar Fröbe spielte mit Grock und Sammy Davis jr., mit Guiletta Masina und Yves Montand, mit Orson Welles und Catherine Deneuve, mit Romy Schneider und Geraldine Chaplin und und und ... Aber die sächsischen Eigenschaften »helle, heeflich und heemdigsch« hat er sich ein Leben lang bewahrt, eine Anekdote beweist es: Bei einem Empfang nach der »Royal Performance« des Films »Die tollkühnen Männer in ihren fliegenden Kisten« fragte ihn Queen Elisabeth: »Was spielen Sie denn als nächstes?«

»Einen Baron, Majestät.«

»Einen guten oder einen bösen?«

»Einen deutschen, Majestät.«

54

Der Pianist

In den sechziger Jahren produzierte der Deutsche Fernsehfunk eine Zeitlang Unterhaltungssendungen im Saal der Zwickauer »Neuen Welt«. Ich habe in Erinnerung, daß die Reihe »Sie sind erkannt!« hieß. Vermutlich gab es nicht genügend Studios in Berlin und deshalb suchte man entsprechende Räume mit studioähnlichem Charakter.

Meine damalige Freundin arbeitete am Stadttheater und war für diese Sendung als Regie- oder Produktionsassistentin engagiert. Eines Tages sagte sie: »Ich habe einen Auftritt für dich. Du kannst doch Klavier spielen. Wir brauchen einen Pianisten.«

Ich konnte schon ein bißchen spielen ... »In the mood« ... »Wenn ein junges Mädchen weint« und so was.

»Es ist sowieso Playback und muß nur einigermaßen stimmen.«

Na gut, warum sollte ich mir nicht ein paar Mark verdienen. Noch dazu im Fernsehen! Wer träumte damals nicht davon, dort einmal zu arbeiten.

Vor Ort allerdings stellte sich heraus, wen ich auf dem tonlosen Playback-Klavier begleiten sollte: Gisela May!!!

Ich wurde ihr vorgestellt: »Ihr Pianist, Herr Lange.«

Die May gab mir die Hand und lächelte huldvoll. Von einem Pianisten namens Lange hatte sie in ihrer bewegten Laufbahn noch nie gehört. Kein Wunder!

Ich bekam die Noten des entsprechenden Liedes und sah auf einen Blick, daß man mir auch ein Blatt mit kyrillischen Buchstaben zum Abspielen hätte hinstellen können.

»Kamera zwei auf Pianist!«

Mir war ziemlich mulmig zumute, als meine Finger über die Tasten glitten. Ich versuchte einigermaßen, die Gegend des Klaviers zu traktieren, die der Musik entsprach, damit ich nicht gerade in den Bässen herumwühlte, wenn die Melodie in höhere Tonlagen stieg. Aber sie wechselte so schnell und war so schwer zu spielen, daß ich beim besten Willen nicht hinterherkam.

Doch Kamera zwei erhielt weiterhin ihr Signal, wenn meine perfekten Läufe ins Bild kommen sollten.

Um es kurz zu machen: Kein Mensch hat gemerkt, daß ich nie im Leben diese komplizierte Komposition auch nur annähernd hätte spielen können.

Ich war durch diese Geschichte in jungen Jahren um eine Erfahrung reicher: Man muß nicht unbedingt etwas können, um ins Fernsehen zu kommen!

Wie es kam,
daß ich für Angelika Domröse sang

In der zweiten Hälfte der sechziger Jahre – ich studierte in Leipzig an der Fachschule für Buchhändler – nahm ich an einem Preisausschreiben des Jugendmagazins »Neues Leben« teil. Der beste Film, die beliebteste Schauspielerin und der beliebteste Schauspieler sollten gekürt werden.

Ich schrieb auf eine Postkarte: »Die Abenteuer des Werner Holt«, Angelika Domröse und Klaus-Peter Thiele.

Der Film hatte uns junge Leute damals sehr beeindruckt. Es gab kaum jemand, der das Buch von Dieter Noll nicht gelesen hatte. Werner Holts Gundel spielte im Film die junge Schauspielerin Monika Woytowicz. Sie hatte ich im »studio g«, dem Gutenberg-Keller im Bugra-Messehaus, beim Tanz kennengelernt. Ich durfte Monika Woytowicz an diesem Abend nach Hause bringen (Na ja, das war damals noch etwas anders!). Sie wohnte weit draußen in der Leninstraße, und ich lehrte sie bis zur Haustür ein Lied, welches damals gerade aufgekommen war und ihr sehr gefiel. Ich habe an den Text keine Erinnerung, aber im Refrain hieß es »Wulle Pulle ... wulle pulle«. Und die Stelle grölten wir immer gemeinsam.

Meine Teilnahme an der Aktion des Jugendmagazins brachte mir einen Preis! Ich gewann eine Karte für den Filmball in Potsdam-Babelsberg, denn sowohl der Film als auch Domröse und Thiele gewannen die Umfrage. Ich erinnere mich, wie die eingeladenen Gewinner mit Klaus-Peter Thiele zusammensaßen und er uns erzählte, daß ihn in jenen Tagen sogar eine Karte mit der Anschrift »Herrn Werner Holt, Berlin« erreicht hatte!

Es war ein stimmungsvoller Ball. Gegen zehn oder elf Uhr ging ich, wie meist bei Tanzveranstaltungen, in einer Pause zur Band und fragte den Chef, ob ich mit ihnen etwas singen dürfte. Ich hatte in Zwickau in verschiedenen Bands gesungen und beherrschte ein gewisses Repertoire. Auch kann ich mich nicht erinnern, daß mir dieser Wunsch jemals irgendwo abgeschlagen worden wäre. Die Musiker hatten immer ein unbändiges Vertrauen, daß ich auch tatsächlich einigermaßen singen könnte.

»Was willst du singen?«

»Vielleicht den ›Jailhouse-Rock‹ oder ›Tintarella di luna‹.«

Wir verständigten uns auf die Tonart und los ging's!

Angelika Domröse twistete bei dem italienischen Schlager sofort mit ihrem damaligen Mann Jiři Vrštala, dem legendären Clown Ferdinand, los.

Mein Auftritt lief ab wie immer: Außer den drei Wörtern »Tintarella di luna« stimmte im Text nichts. Ich ahmte die Sprache phonetisch nach, weil ich von meinen Altvorderen ein gewisses parodistisches Talent geerbt habe. Dank dieser Gabe konnte ich in den Bands, in denen ich sang, immer die neuesten Titel präsentieren. Mitunter kamen Jugendliche hinter die Bühne und wollten von mir unbedingt den Text eines brandneuen Hits, doch ich sagte immer: »Tut mir leid. Hab ich mitgehört.«

Und so sang ich englisch, italienisch und französisch, oft auch zu selbst entworfenen Titeln ohne Noten. Ich fing auf dem Klavier an, und die anderen »hängten sich rein«. Lange Zeit merkte kein Mensch, was ich da trieb. Erst nachdem wir schon einige Jahre zusammen Kabarett gemacht hatten, stand einmal Gunter Böhnke, ein studierter Anglist, direkt neben dem Klavier und fragte

58

nach einer Weile: »Sag mal, was singst du denn da eigentlich!?«

Im Filmball-Saal von Potsdam-Babelsberg jedenfalls fahndeten die Veranstalter nach mir, weil Angelika Domröse darum gebeten hatte, noch einmal »Tintarella die luna« zu hören. Den Wunsch erfüllte ich ihr gern und sang wieder irgendwelches »beridschondo quonti dare«.

Und wenn sie will – ich würde es heute noch einmal für sie singen!

Der Minister und meine Ohren

1969 sprachen mich Messegestalter an, ob ich zur Herbstmesse in einem kleinen Programm mitwirken würde. Wegen der gesellschaftlichen Bedeutung stellte mich mein Betrieb tatsächlich frei. Auf dem Stand der DDR-Fotoindustrie moderierte ich eine Vorführung. Während ein Fotograf die ebenfalls engagierten hübschen Mädchen ablichtete oder nur so tat, erzählte ich etwas von ORWO-Filmen und Porträtfotografie. Ich hatte nicht die geringste Ahnung davon und alles fein auswendig gelernt.

Das Programm wurde vor Eröffnung der Messe von höchster Stelle abgenommen. Die Fotoindustrie fiel in das Ressort von Chemie-Minister Wyschofsky. Er akzeptierte die Vorführung wohlwollend, aber anschließend kam Peter Leopold, einer der Standverantwortlichen, zu mir und flüsterte: »Alles okay, aber du mußt zum Friseur!«

Dabei hatte ich nicht etwa einen Beatlekopf, mein Haar reichte vielleicht gerade über die Ohren. Meine erste Reaktion war Zorn. Was geht denn diesen Typen meine Frisur an! Was bildet der sich ein, an meiner Persönlichkeit herumzuschnippeln!

Andererseits ... verdiente ich damals nach meinem Fachschulstudium im Leipziger Kommissions- und Großbuchhandel im Monat fünfhundertachtzig Mark! Brutto! Ich träumte in jener Zeit davon, einmal in meinem Leben tausend Mark zu besitzen. Und nun sollte ich nach jener Messewoche gar die doppelte Summe in Händen halten!

Für zweitausend DDR-Mark, so dachte ich, als meine Wut langsam abebbte, kann man auch mal zum Friseur gehen ... zumal ich von dem Geld unsere Hochzeit und die Hochzeitsreise finanzieren wollte!

Wenn ich heute das Foto aus jenen Tagen betrachte, so leuchten mir meine blanken Ohren entgegen, die auf Geheiß eines Ministers zum Vorschein kamen. Die DDR war also ein Land, in dem sich der Minister für Chemie sogar um den Haarschnitt eines Moderators kümmerte!

Zur Eröffnung der Messe sahen Stoph und Sinder-mann unser kleines Programm. Wer weiß ... wenn ich damals nicht zum Friseur gegangen wäre, hätte das im Jahr 1969 vielleicht den Kopf des Chemie-Ministers Wy-schofsky kosten können!

Überraschungsangriff

Ein Musiker erzählte mir die folgende verbürgte Anekdote:

Paul Dessau fuhr mit seinem Auto, das nicht aus DDR-Produktion stammte, von Berlin in Richtung Zeuthen. Vielleicht komponierte er gerade in Gedanken oder dirigierte ein besonders temporeiches Stück, jedenfalls zeigte die Tachonadel streckenweise bis zu 200 Stundenkilometer an. Dies entging den wachsamen Augen der Deutschen Volkspolizei nicht.

Dessau wird gestoppt. Er öffnet das Fenster und fällt sofort mit einem Satz über die Uniformierten her:

»Ihr lauert einem Kommunisten auf und in Vietnam ist Krieg!«

Drushba

In den siebziger Jahren war unser Kabarett »academixer«
eingeladen worden, mit einem Freundschaftszug an die
Trasse zu reisen. Aus dem Bezirk Leipzig trafen sich zu
sehr früher Morgenstunde die delegierten jungen Leute
auf dem Platz neben dem seitlichen Westeingang am
Hauptbahnhof. Bernhard Scheller vom Poetischen Theater der Karl-Marx-Universität hatte ebenfalls die Ehre. Als
die militärischen Rufe über den Platz schallten: »Alten-
burg!!!« – »Hier!« – »Döbeln!!!« – »Hier!«, sagte ich zu
ihm: »Jetzt müßte es einen Knall geben, wir müßten wieder zurück sein, und es müßte schön gewesen sein!«

An diesen Satz hat er mich mehrmals auf unserer Reise
erinnert. Aus guten Gründen! In Kiew regnete es ständig.
Dafür konnten die »Freunde« wirklich nicht. Nur endeten
die Fallrohre der Dachrinnen generell über dem Fußweg,
und wir hatten unentwegt nasse Füße. Das Hotel hinge-
gen war sehr modern, und die Heizung befand sich in der
Wand. Nun konnten wir aber nicht die Schuhe zum
Trocknen an die Wand nageln!

Es kam noch besser: das Essen … An mehreren Tagen
gab es von morgens bis abends – Klops! Null Vitamine.
Der mitreisende stellvertretende Bezirksarzt riet, unbedingt Milch zu trinken. Wahrscheinlich hatte er Angst,
daß wir an Skorbut erkrankten.

Schließlich murrten wir über die Versorgungssitua-
tion. Es wurde eine Fahrt in ein ukrainisches Nationali-
tätenrestaurant organisiert. Wir freuten uns: Endlich
mal was anderes! Es gab – Klops, und wir verweigerten

die Annahme des Essens. Die netten ukrainischen Kellnerinnen konnten das nicht verstehen: »Patschemu?« Da äußerte jemand von uns Kabarettisten die Befürchtung, wir würden wohl alle noch in der Klopsmühle landen.

Kurze Zeit danach besuchten wir eine Basisstation der Trassenbauer aus der DDR. Wir fühlten uns wie im siebenten Gastronomiehimmel! Fleisch und frisches Gemüse und richtiges Bier, das extra eingeflogen wurde!

Am meisten deprimierte uns damals Tscherkassy. Eine Stadt vom Reißbrett. Zur Orientierung verhalf lediglich ein Lenindenkmal. Abends sahen wir ein dunkelgrünes Auto herumfahren. Leute mit roten Armbinden sammelten die Betrunkenen ein. Eine bedrückende Atmosphäre herrschte in dieser Stadt und ein Gefühl von Verlorenheit machte sich in uns breit. Einer aus unserer Gruppe war besonders niedergeschlagen. Der stellvertretende Bezirksarzt gab ihm Faustan und sagte, er solle an etwas Schönes denken.

Eine Teilnehmerin aus Leipzig traf sich im Hotel heimlich mit ihrem Freund aus Moskau, der seine Stadt eigentlich nicht verlassen durfte. Einige Genossen aus unserer Gruppe gerieten in Panik: Wenn das die Freunde erführen, gäbe es diplomatische Verwicklungen! Er mußte den »Freundschaftszug« verlassen! Freundschaft pur. Einige von uns sammelten Geld für ihn, damit er wieder nach Hause fahren konnte.

Als wir in ein Klubhaus kamen, in dem wir ein Kulturprogramm für unsere Gastgeber gestalteten, empfing uns eine freundliche Frau mit dem Hinweis: »Bitte! Ziehen Sie ab!«

Aber ich will mich lieber nicht über sie lustig machen, denn die Aufforderung zum Ablegen der Garderobe hätte ich russisch nicht mal falsch über die Lippen gebracht ...

Tags darauf wurde den Reiseteilnehmern der Höhepunkt des Besuches offeriert: Bäume pflanzen im Hain der Freundschaft. Auf einen Baum kamen etwa acht Leute. Sieben hielten den Baum, der achte schippte die Erde in das Loch.

An solchen Aktionen ist der Sozialismus auch im wirklichen Leben mit kaputt gegangen.

Ein kleiner Tiergarten sollte in diesem Hain entstehen. Einen Löwen hatten die Freunde schon irgendwo in der großen Sowjetunion aufgetrieben, der zweite war aus dem Leipziger Zoo unterwegs. Die beiden sollten ein Paar werden, und stark wie diese Löwen sollte unsere Freundschaft sein. Allerdings, wie so oft im Sozialismus, hatte der Informationsfluß nicht geklappt. Auch das zweite Tier war männlich. Diese Liebe würde keine Früchte tragen.

Zwei Käfige standen parat. Während die Gitterstäbe des einen grün gestrichen wurden, tummelte sich der russische Löwe im anderen. Dann steckte man ihn in den frisch renovierten. Aber die russische Farbe trocknete nicht so schnell. Nun sah der Löwe getigert aus.

Offensichtlich störte ihn der Farbgeruch auf seinem Fell sehr, denn er brüllte unentwegt.

Zwei Tage dauerte die Rückfahrt. Der stellvertretende Bezirksarzt kümmerte sich um ein Mädchen, das bei einem Unfall verletzt wurde. Er wollte sie auf keinen Fall dort in einem Krankenhaus zurücklassen. Nicht, daß es keine guten Ärzte gegeben hätte, aber die Versorgung ...

Ich konnte es kaum erwarten, wieder nach Hause zu kommen. Leipzig, DDR, das war gegen Tscherkassy schon fast wie Westen!

Der alte Čapék

Der alte Čapék war, glaube ich, der letzte private Händler im Zentrum von Prag. In der Teyngasse, ganz nahe der Kirche, gab es im sogenannten Sozialismus seinen romantischen Kramladen. Ein Sammelsurium von vorwiegend Metallwaren.

Ein paar schmale Eisenröhren schepperten, wenn man die Tür öffnete. Mühsam mußte man sich einen Weg durch die liebenswerteste Müllsammlung der Tschechoslowakei bahnen. Da lagen Haufen von Nägeln, Schrauben und Muttern, Fahrradketten, Dichtungen, Gaskocher – eine Symphonie in Rost.

In der Luft schwebte eine rahmenlose Leinwand, ein paar k. u. k. Typen in einem Restaurant am Tisch waren darauf zu sehen, in schwarzroten Farbtönen gemalt. In Čapéks Räumen war es ziemlich duster, und man hatte manchmal Mühe, die Dinge zu erkennen. Mich interessierte eine kleine Bronzemedaille im Jugendstil, die in einem Glaskasten mit Modeschmuck lag. Es dauerte lange, bis ich den alten Čapék erweichen konnte, den abgebrochenen Schlüssel herumzudrehen und mir das Stück zu zeigen.

Eigentlich wollte er wohl mehr in seinem Gerümpel leben und mit den Leuten schwatzen, anstatt die Sachen zu verkaufen. Schließlich bekam ich das Stück ganz billig: »Dafier hab ich zwanzig Kronen bezahlt.«

Von Beruf – so erzählte er – war er Schriftsetzer; er habe den bekannten und heute noch gebräuchlichen Schriftzug der Schuhfirma BATA entworfen. Und schon malte er das typische B mit Kreide auf den Fußboden. Einmal sei er auch in Leipzig gewesen und habe in der Inselstraße eine Druckerei besichtigt. »Leipzig war berühmt!«, und er philosophierte noch ein wenig über die schwarze Kunst.

Dann klagte er über den Lärm in seinem Haus. »Die Zigeuner singen bis in die Nacht und trinken viel Alkohol. Aber was soll man machen!?« Schließlich ließ er mich mitten im sozialistischen Prag das Fazit seines Lebens wissen: »Man muß zufrieden sein! Ich bin froh, daß ich kein Kommunist und kein Russe bin!«

In einem Nebenraum lagen Ersatzteile für verschiedene Maschinen aus den unterschiedlichsten Branchen. Ich dachte damals: Es sollte mich nicht wundern, wenn hier der Direktor eines volkseigenen Betriebes jenes Teil fand, nach dem er seit Monaten fahndete, und damit endlich jene wertvolle Maschine wieder in Gang brachte, die das Werk mit fliegenden Fahnen zur Planerfüllung führte!

Carossi

Vor der Wende gab es am Prager Graben die Kawarna Savarin. Ein schönes altes Kaffeehaus, in dem noch Reste der ehemaligen Ausstattung vorhanden waren. Mit meinem Freund Uli und mir saß ein älterer Mann am Tisch. Wir kamen ins Gespräch und waren erstaunt zu hören, daß er schon neunundsiebzig Jahre alt war. Gut und gerne hätten wir ihn zehn Jahre jünger geschätzt. Er hatte ein bewegtes Leben hinter sich, war Artist und Ballettmeister gewesen, seine Spezialstrecke war artistischer Tanz. Er balancierte dabei seine Partnerin auf einer Hand. Das war zu jenen Zeiten, als auf Plakaten die Namen LIANE und CAROSSI in großen Lettern standen. Er gastierte damals in ganz Europa, auch in Leipzig und vor allem im berühmten Berliner Varieté »Wintergarten« und im »Kakadu«.

Nach dem Einmarsch der Deutschen in die Tschechoslowakei verließ er seine Heimat, ging zunächst nach Rumänien, später nach Istanbul. Carossi trat in die englische Armee ein und kämpfte in Nordafrika gegen die deutsche Wehrmacht unter Rommel. Ein Schrapnellgeschoß traf ihn an der Hüfte. Wir sahen die Auswirkungen dieses Treffers, als er sich mühsam erhob, um zur Toilette zu gehen. Er mußte sich an der Tischplatte hochziehen und konnte sich nur mit Hilfe eines Stockes vorwärts bewegen.

Im Lazarett in Tel Aviv erkannte ihn jemand, sah seine Niedergeschlagenheit. »Du bist Carossi! Du kannst doch nicht aufgeben! Du mußt etwas machen!«

Er unterbrach seine Erzählung, und es schien, daß er jene Situation deutlich vor Augen hatte. »Diese Worte gingen mir durch den Kopf. Ich dachte darüber nach, wie ich mein Hinken in einer Nummer verarbeiten könnte. Schließlich kam mir die Idee, als Glöckner von Notre Dame aufzutreten. Die Szene spielte ich mit einem jüdischen Mädchen. Es war ein großer Erfolg.«

Er lächelte in einer Mischung von froher Erinnerung und Melancholie.

Als wir uns von ihm verabschiedeten, sagte er: »Krieg ist furchtbar. Tut beizeiten was dagegen!«

»Ein Wunder!«

1989 lernte ich Erna W. kennen. Von ihr erfuhr ich, daß eine Plastik von Dr. Raphael Chamizer, Arzt und Bildhauer, im Schuppen eines Steinmetzen die Nazizeit überstanden hatte. »Trauer« heißt die schöne Frauengestalt im Stil des Art déco, die nach dem Krieg auf dem Alten jüdischen Friedhof aufgestellt wurde. Dort stand das Werk des Leipzigers bis zur Schändung des Friedhofs im Dezember 1992. Aus Sicherheitsgründen hat es nun seinen Platz in der Feierhalle des Neuen jüdischen Friedhofs.

Erna W. war mit dem Künstler und Arzt befreundet gewesen. Vielleicht auch seine Muse? Es ist nicht das einzige Geheimnis, das sie mit ins Grab genommen hat.

Sie war in ihrem langen Leben mit drei nichtjüdischen Männern verheiratet gewesen, die sie alle überlebte. Jener in der Nazizeit hatte ihr durch seine »arische« Herkunft einen gewissen Schutz geboten.

»Ich bin nicht jüdischen Glaubens. Noch im vorigen Jahrhundert, 1898, erhielt ich die evangelische Taufe. Später trat ich zur katholischen Kirche über. Ich hab von allem etwas …!«

Ihr Sohn »Fritzl« bekam mit einem Jahr eine Kopfgrippe und verbrachte sein Leben als schwerstbehinderter Mensch im Bett – ohne je sprechen zu lernen. Als ich Frau W. 1989 besuchte, lächelte er mich, dreiundsechzigjährig, das Haar ergraut, aus seinem Bett an. Neben ihm ein Teddy und andere Spielsachen.

Zum Zeitpunkt meines Besuches war sie fünfund-

70

neunzig Jahre alt, aber ihren Sohn wollte sie nicht in ein Heim geben. Sie konnte sehr schlecht gehen, bewegte sich mit Hilfe eines Laufbänkchens durch die Wohnung. Darauf stützte sie sich und kam nur mühsam vorwärts. Sie pflegte mit übermenschlicher Anstrengung ihren Sohn. Erna W. windelte ihn mit Hilfe eines Flaschenzuges und entsprechenden Gurten. Unvorstellbar, dachte ich, als ich den Haken in der Decke sah, welche Schicksale es hinter den Mauern dieser Stadt gibt.

Als wir im Nachbarzimmer saßen, hörte ich »Fritzl« mit den Zähnen knirschen und seltsame Laute ausstoßen. Die Situation und der Geruch in der Wohnung machten mich beklommen, aber Frau W. strahlte eine unglaubliche Lebensfreude aus.

»Mein ›Fritzl‹ ist halb Mensch, halb Engel. Alles, was in meinem Leben wie ein Unglück aussah, wurde mein Glück.«

Wie überlebte diese getaufte Jüdin mit ihrem Jungen, der unter die Euthanasie-Bestimmungen fiel, jene Zeit?

»Ich bin durch Wunder am Leben geblieben und kann mir das alles nicht erklären! Als ich zur Gestapo bestellt wurde, wußte ich nicht, wie ich grüßen sollte, als ich das Zimmer betrat. ›Guten Tag‹ ging nicht und ›Heil Hitler‹ wollte ich nicht sagen. Also schwieg ich! Der Beamte redete lange mit mir. Ich erzählte ihm, daß meine Mutter auf dem jüdischen Friedhof liegt und daß ich mich als Christin fühle. Er sagte, kommen Sie mal ans Fenster, er besah mich bei Licht und sagte: Sie sind kein jüdischer Typ. Wie erziehen Sie Ihren Sohn? Ich erzählte ihm von Fritzl und mußte weinen. Irgendwann meinte er: Sie können in die Partei eintreten! Keiner darf Sie beleidigen oder angreifen. Sie stehen unter unserem Schutz. So sprach der Mann von der Gestapo. Das war am Hallischen Tor, an der Plauenschen Passage. An jenem Tag war auch Dr. Cohn geladen. Damals lebte er noch.«

Dr. Cohn, ein beliebter Hals-, Nasen-, Ohrenarzt aus der Frankfurter Straße, der am Nordplatz wohnte, starb am 10. November 1938 nach schlimmen Mißhandlungen im Polizeigefängnis.

»Nach meinem Gefühl hatte der Gestapo-Mann eine Art Respekt vor mir. Er war zuvorkommend – alles völlig unerklärlich! Bis auf ein zweites Gespräch hörte ich nie wieder von den Nazis. Ein Wunder! Meine Tante, die Schriftstellerin Clara Schachne-Schott wurde in Auschwitz umgebracht.« Und sie zeigte mir ein Märchenbuch mit einer Widmung der Leipziger Autorin.

Ein zuvorkommender Gestapo-Beamter … das habe ich bei meinen vielen Recherchen zur Geschichte Leipziger jüdischer Familien noch nie gehört. Ein Gestapo-Mann, der einer Jüdin gar empfahl, in die NSDAP einzutreten, das ist doch alles nicht möglich! Was war davon wahr, was Dichtung? Und was verschwieg sie?

Andererseits war die Frau hellwach und verfolgte das Geschehen in Leipzig und der Welt mit großer Aufmerksamkeit.

Was ist damals passiert? Hat jener »zuvorkommende Gestapo-Mann« die Karteikarten von Erna W. und »Fritzl« verschwinden lassen? Hatte er sich gar in die Leipziger Jüdin verliebt? »Ich war gar nicht so hübsch. Aber manchmal … ich weiß nicht, was die Männer an mir fanden.« Es bleibt ein Geheimnis.

»Ich habe nur noch meinen Sohn. Alle anderen sind gestorben, weil ich so alt geworden bin. Mein Sohn ist meine irdische Seligkeit.« Sie hat die Pflege ihres Jungen nie als eine Last empfunden.

Als »Fritzl« 1991 starb, Erna W. war inzwischen siebenundneunzig Jahre alt, wurde sie über Nacht bettlägerig.

72

Ihre Aufgabe war erfüllt. Sie lebte in diesem Bett noch nahezu zwei Jahre. Einmal telefonierte ich mit ihr – sie war krank und am Wochenende allein, da der Pflegedienst in diesen Tagen nicht zu ihr kam. Sie konnte nicht aufstehen, hatte nichts zu essen, außer ein paar Keksen und einigen Scheiben Brot. Ich sagte ihr, daß ich mit meiner Frau sofort käme und ihr etwas zum Essen und zum Trinken bringen würde. Für Notfälle hatte sie in einem Schränkchen auf der Terrasse ihres kleinen Hauses einen Schlüssel deponiert. Sie freute sich, als wir eintraten und empfand es als »Gottesgeschenk«. Über ihrem Kopf standen auf einem Wandbord die Fotos ihrer drei Männer. An einem Bild hingen noch die Kriegsorden des 1. Weltkrieges.

Enorm war ihre geistige Regheit. Sie sprach klar und gut, reagierte schnell. Und sie wußte auch, was sie wollte.

Ehe sie aß, wollte sie ihren Kanarienvogel füttern. Der Vogel würde nichts fressen, wenn sie es ihm nicht selbst gäbe. Sie sagte, er hätte auch seit Freitag nicht wieder gesungen. An jenem Tag hatte ihr der Pflege-Zivi den Vogelkäfig zum letzten Mal aufs Bett gestellt.

Wir holten also den Käfig. Sie richtete sich etwas auf und schüttete Körner in ein kleines Näpfchen, das sie ins Gitter hängte. Einige Körner rieselten auf ihr Nachthemd. Der Kanarienvogel hüpfte aufgeregt auf der Stange hin und her. Er freute sich sichtlich und tatsächlich, nach einer Weile, nachdem er getrunken und gefressen hatte, fing er an zu singen, und ich hörte ihn ganz deutlich sagen: »Alles Gute!«

Ein Wunder!

Hermann hießr!

Von den wenigen Leipziger Juden, die Kommunisten waren, ist einer in der DDR nach ganz oben gelangt: Hermann Axen. Noch heute gibt es in der Israelitischen Religionsgemeinde zu Leipzig eine Karteikarte von ihm. Dies hängt damit zusammen, daß die NS-Behörden die Gemeinde im Jahr 1935 verpflichteten, ein Verzeichnis anzulegen, in dem sich jüdische Familien registrieren lassen mußten. Damit bereiteten die Nazis die vollständige Erfassung aller Juden der Stadt vor.

Ob Axen jemals in religiösen Dingen unterrichtet wurde – ich weiß es nicht, auch nicht, ob sein Vater ein frommer Mann war. Im Adreßbuch von 1931 schreibt sich die Familie noch mit ks: Aksen, Bernhard, Handelsv., W 32, K. Z. … Damals konnte niemand ahnen, welches Leid sich hinter diesen letzten beiden Buchstaben einmal in Deutschland verbergen würde. In diesem Fall stand K.Z. lediglich als Abkürzung für den Stadtteil Kleinzschocher. Im ersten Stock der Bahnhofstraße 4a wohnte die Familie damals. In der DDR wurde die Straße nach Rolf Axen benannt; der Bruder von Hermann Axen hatte die illegale Organisation der KPD in Ostsachsen geleitet und war am 23. September 1933 nach schweren Mißhandlungen im Polizeipräsidium Dresden ermordet worden. Hermann Axen ging nach Frankreich, wurde dort verhaftet, kam in das KZ Auschwitz und später nach Buchenwald in den jüdischen Block.

In Buchenwald hat ihn ein guter Freund von mir

kennengelernt: Rolf Kralovitz, der ebenfalls aus Leipzig stammte und wegen seiner jüdischen Herkunft mit 17 Jahren ins Konzentrationslager verschleppt wurde. Er erzählte mir, daß Axen bei den Gedenkveranstaltungen in Buchenwald am jeweiligen 11. April nie von den jüdischen Häftlingen sprach. Er redete immer nur von den antifaschistischen Widerstandskämpfern. Auch, daß er Jude war, erwähnte Axen nie.

Rolf Kralovitz traf ihn nach der Befreiung auf der Lagerstraße. Nachdem sie sich zum Überleben beglückwünscht hatten, sagte Axen im damals noch unverfälschten Sächsisch: »Na also, aus dir wird nie ä Gommunisd!« Das hatte Kralovitz auch nicht vor, trotzdem interessierte ihn, woraus er das schließe: »Na, weilde ne Grawadde umhasd!«

Rolf Kralovitz hatte tatsächlich in der sogenannten Effektenkammer seine Bekleidung vom Tag der Einlieferung vorgefunden, und so verließ er das KZ, wie er angekommen war: mit Schlips!

Er wunderte sich allerdings schon, daß Axen das Kommunistsein von einem schmalen Streifen Stoff abhängig machte.

Wenn Axen später im Fernsehen auftauchte – Rolf Kralovitz erblindete leider in den siebziger Jahren – fragte er seine Frau, ob der denn eine Krawatte trage, und lachte, wenn sie es bejahte. Wir kennen Axen bekanntlich nur mit Krawatte, was den Schluß zuläßt, daß er wohl auch kein Kommunist geworden ist …

In der Sache ist sich Axen zumindest treu geblieben: Er hatte lebenslang kein Talent zum Schlipsbinden. Die Krawatte reichte immer viel zu weit herunter. Aber vielleicht lag das auch an seinen unglücklichen Körperproportionen.

Als ich im Herbst 1986 einen Beitrag über »Juden in

Leipzig« veröffentlichte, der, wie ich bei meinen Recherchen merkte, der erste Überblicksartikel nach dem Krieg in der hiesigen Presse war, flatterte eine Bestellung aus dem Politbüro in die Redaktion. Ich ahnte, wer diesen Beitrag lesen wollte!

Im Sommer darauf fuhr ich mit Frau und Sohn an die Ostsee, auf die schöne Insel Rügen. Schon von weitem sahen wir das feudale ZK-Heim in Baabe. Einheimische erzählten uns, wie die Urlauber auf der Straße bis zu drei Stunden warten mußten, wenn Honecker anreiste. Eine in der Nähe des Heimes befindliche Klärgrube wurde extra verlegt, damit den Genossen nicht etwas unangenehm in die Nase stieg. Dabei stank in diesem Land soviel zum Himmel!

Wir wollten uns das gut bewachte, exterritoriale Gebiet des ZK-Heimes einmal aus der Nähe betrachten. Tatsächlich, der Volksmund hatte nicht gelogen, da gab es eine bewachte Einfahrt mit einem Schlagbaum, sogar Stacheldraht auf dem Zaun und einen Fahrstuhl zum Strand! Als wir an der Strandseite in Höhe jener Tür waren, die sich nur dem öffnete, der hier hineinschreiten durfte, sah ich ihn plötzlich im Bademantel im Sand stehen: Hermann Axen. Und rings um ihn, ob Sie es mir nun glauben oder nicht, drei, vier Herren mit der – gleichen! – Badehose. Die war vermutlich vom VEB Frottana aus einem Exportauftrag abgezweigt, denn die fröhlichen Farben fielen völlig aus dem gewohnten Sortiment.

Axen lächelte uns huldvoll zu, als fühle er, daß hier Vertreter seiner einstigen Heimatstadt den Weg kreuzten.

Zwischen Stacheldraht und dem weiten Meer stand er lachend im Sand. Einst sollte ihn Stacheldraht an der Flucht hindern, heute schützte er ihn vor dem Volk, für das er angeblich alles tat. Jene Genossen hatten aber schon lange jeglichen Draht zu diesem Volk verloren.

Ich dachte bei mir, wie würde er jetzt wohl reagieren, wenn ich ihm ein fröhliches »Schalom, Genosse Axen!« zuriefe ...

Tauschland

Ein Rügener erzählte mir während meines Urlaubs in Göhren, daß es verständlicherweise aus Naturschutzgründen untersagt war, auf der schönen Insel Hiddensee zu bauen. Auf einem Empfang war er allerdings Augen- und Ohrenzeuge des folgenden Tausches geworden:

Ein sozialistischer Großbetrieb aus Suhl wollte unbedingt eine Feriensiedlung auf Hiddensee errichten. Harry Tisch war damals 1. Sekretär der SED-Bezirksleitung Rostock und wurde während einer Zusammenkunft daraufhin angesprochen. Er meinte dazu: »Wir reden heute abend mal in Ruhe darüber.«

Am Abend, natürlich nach einigen Gläsern, nicht umsonst nannte ihn der Volksmund »Säufernase«, sagte er: »Wenn Ihr mir die neueste Jagdflinte aus Suhl verschafft, besorge ich Euch die Baugenehmigung.«

Sie ahnen, wie die Geschichte ausgeht? Jawohl, es wurde gebaut. Mein Bekannter war baff:

»Das hätte ich in diesen Kreisen nicht vermutet.«

Doch in einem Land, wo die Arbeiterklasse einen Trabbiauspuff gegen Fliesen tauschte, tauschten eben auch die Führer der Klasse mal eine Baugenehmigung gegen eine Flinte.

Die hat der Harry 1989 aber ins Korn geworfen ...

Mut

Im Sommer 1989 fand der Abschlußgottesdienst des Kirchentages auf dem Rennbahngelände im Leipziger Scheibenholz statt.

Daß die kirchliche Veranstaltung auf solch einem Platz – wie auch auf dem Messegelände – genehmigt wurde, war für jene Zeit schon allerhand. Die Macht wich zwar keineswegs zurück, jedoch sollte nach draußen der Eindruck vermittelt werden, die DDR stehe zur Religionsfreiheit. Rüdiger Minor, der Bischof der Evangelisch-Methodistischen Kirche, charakterisierte die Situation im Gespräch auf der Wiese mit dem treffenden Satz: »Sie lassen etwas Dampf ab, erschrecken jedoch, wenn's pfeift!«

Am Eingang erhielten die Teilnehmer bunte Bänder. Eine Gruppe junger Leute hatte gegen Ende des Gottesdienstes diese Bänder verknüpft, hielt quasi ein farbiges Netz empor und lief langsam über die Wiese. Vornweg schlug einer eine chinesische Trauertrommel und auf einem hochgehaltenen Transparent stand in deutsch und chinesisch das Wort »Demokratie«.

Dies sollte an die grausame Niederschlagung der Demonstration auf dem Pekinger Platz des Himmlischen Friedens erinnern. Es war das erste, völlig andere Transparent, das ich in der DDR sah. Ich war sehr beeindruckt von dieser Gruppe, die für mich auf besondere Weise das Bild vom »Menschenfischer« aus dem Neuen Testament beschwor.

Während die Gruppe langsam ihre Bahn zog, standen da und dort junge Leute auf, knoteten ihr farbiges Band

79

an das ständig wachsende Netz. Schließlich zogen sie zur Bühne, und als sie vorn ankamen, schien es mir von weitem, daß ihnen die Mikrofone verwehrt wurden.

Der dumpfe Schlag der Trommel tönte über den Platz, auf dem sonst nur das Trommeln galoppierender Pferde zu hören war. Dann lief die Gruppe zum Ausgang.

Der junge Mann rollte das Transparent zusammen und steckte es unter sein Hemd. Draußen stand ein Polizeiauto. Mit unbewegtem Gesicht berichtete ein Polizist über das Sprechfunkgerät von dem vor seinen Augen ablaufenden »Vorkommnis«.

Die Gruppe bewegte sich inzwischen langsam über die Wundtstraße in Richtung Innenstadt.

Ich bekam eine Gänsehaut, als ich diese Menschen unbeirrt zum Trommelschlag auf der Fahrbahn laufen sah.

Plötzlich sagte meine Frau: »Ich muß da mit!«

Wir schauten uns wortlos an. Ich war total verunsichert und traute mir das im Sommer 1989 noch nicht. Wenn du jetzt hier mitgehst, dachte ich, dann hast du das letzte Mal Kabarett gespielt. Sie knüpfte ihr Band an das bunte Geflecht und wurde von der Gruppe aufgenommen. Ich fühlte mich mit einem Mal sehr allein und empfand sehr stark, daß ich draußen stand.

Mit unserem Sohn ging ich nach Hause, hatte Angst um meine Frau, dachte an Verhaftung oder gar Gefängnis.

Stefanie erzählte mir dann am Nachmittag, wie am Floßplatz eine Straßenbahn angerollt kam, plötzlich neben den Demonstranten die Tür aufging und eine Hand dem Träger das Transparent entriß.

Das dürfte das erste und letzte Mal gewesen sein, daß die Stasi zum Einsatz mit der Straßenbahn kam!

Der 9. Oktober 1989

An diesem Herbsttag gehörte ich zu jenen sechs Leuten, die mit einem Aufruf versuchten, die Lage in unserer Stadt entspannen zu helfen. Immer wieder stoße ich im Zusammenhang damit auf falsche Behauptungen. Da steht in einem Buch, Superintendent Magirius hätte zu den sechs Unterzeichnern gehört, in einer Zeitung las ich, Masur habe Wötzel gebeten, unter den Text seine Unterschrift zu setzen.

Schnell geschriebene Artikel oder Bücher führen zwangsläufig zu mangelhaften Recherchen. Früher dachte ich, Geschichte wird erst verfälscht, wenn die Augenzeugen nicht mehr leben, aber in den letzten Jahren wurde ich eines Schlechteren belehrt.

Der 9. Oktober 1989 hat für mich eine Vorgeschichte. Am ersten Juni-Wochenende des Jahres war massiv gegen Musiker im Zentrum Leipzigs vorgegangen worden, die nichts weiter wollten, als auf der Straße zu musizieren. Nach dem Verbot der Veranstaltung spielten trotzdem einige Gruppen in der Leipziger Innenstadt. Ein Augenzeuge der Polizeiübergriffe schrieb Masur einen Brief, und daraufhin lud der Gewandhauskapellmeister innerhalb der big-Reihe (Begegnungen im Gewandhaus) am 28. August 1989 zu einem Abend über Straßenmusik ein. Das Hauptfoyer war prächtig gefüllt. Auch die zuständigen Kulturfunktionäre der Partei und der Stadt saßen im Publikum. Dem Gewandhauskapellmeister konnte man schlecht die Einladung zu dieser Veranstaltung abschlagen.

81

Zu Beginn warf Masur demonstrativ ein paar Münzen in den Hut eines im Foyer spielenden Musikers, wies darauf hin, daß in aller Welt auf der Straße Musik gemacht würde, nur in Leipzig gäbe es damit Probleme, und las den besagten Brief vor.

Mein Kollege Gunter Böhnke und ich waren ebenfalls vom Gewandhaus eingeladen worden, um an diesem Abend einen Ausschnitt aus unserem ersten gemeinsamen Kabarettprogramm »Mir fang gleich an!« zu bringen. Das Programm beschrieb auf den ersten Blick den Zustand der Stadt Leipzig, aber der geübte DDR-Zuschauer erriet sehr schnell die Doppelbödigkeit. Wenn ich mich richtig erinnere, sangen wir im Gewandhaus auch unser »Oben-Lied«. Dort hieß es im Refrain:

Sieh nicht nach oben,
sieh zur Seite, sieh ganz weg!
Denn ganz da oben,
alles morsch auf jedem Fleck!
Und täglich bröckelt die Fassade ab.
Hoffnung auf Änderung, die ist schon langsam knapp.

An diesem Abend zeigte Masur in der Leipziger Öffentlichkeit nach meinem Verständnis erstmals Flagge, und die Funktionäre fühlten sich nicht sehr wohl in ihrer Haut. Roland Wötzel, den damaligen Sekretär für Wissenschaft in der SED-Bezirksleitung, kannte ich durch meine Arbeit im Kabarett »academixer«. Eine Zeitlang war er für Kultur zuständig und bei den »Abnahmen« unserer Programme dabei – eine von uns Kabarettisten besonders geliebte Veranstaltung … Wir mußten dann die neu einstudierten Szenen vor der Premiere den Funktionären von Partei und Staat vorspielen.

Ich schätzte Wötzel als einen Menschen, mit dem man reden und streiten konnte. Es schlug einem dabei nicht der Hochmut mancher Genossinnen und Genossen entgegen, mit denen ich bei meiner Arbeit zu tun hatte und die mir bei unterschiedlichen Auffassungen solche unvergeßlichen Sätze sagten wie »Du bist noch nicht soweit!« oder »Dir fehlt das entsprechende Bewußtsein!«

Diese Art Bewußtsein fehlte mir tatsächlich – zum Glück!

Doch mit Wötzel konnte ich reden. Als sich im Sommer '89 die Lage zuspitzte und es zu Zusammenstößen mit der Polizei kam, bot ich ihm meine Vermittlung an. Er hatte mir gesagt, daß die Bürgerrechts- und Umweltgruppen nicht zu einem Dialog bereit wären. »Die« würden sich jedem Gespräch verweigern und nicht »mit der Partei« reden. Ich ging ins »Haus der Kirche« in der Burgstraße und nahm mit einer Umweltgruppe Kontakt auf. Ralf Elsässer sagte mir, daß die Gruppen der Kirche selbstverständlich zu einem Forum bereit wären.

Wötzel schwebte eine Diskussion im Hörsaal 19 vor. Die kam aber nicht mehr zustande, denn im September wurde das Neue Forum vom Ministerium des Innern als eine »staatsfeindliche Plattform« verboten. Wötzel zog sich von unserem Vorhaben zurück. Er meinte, er könne nun nicht mehr in einer Diskussion mitwirken, in der jemand aufstehen und sich mit »Müller, Neues Forum« vorstellen würde. Dies verbiete seine Parteidisziplin. Er konnte nur noch mit Herrn Müller an sich reden.

Obwohl die Veranstaltung im Hörsaal 19 nicht stattfand, blieb ich mit Wötzel in Kontakt und sprach mit ihm über die politische Situation in unserem Land und unserer Stadt. Als ich einige Wochen später von ihm zu einem Gespräch eingeladen wurde, war ein Staatsanwalt Kurtzge zugegen. Wötzel wollte wohl meine Argumente erschüttern, mit denen ich die Demonstranten auf dem Nikolaikirchhof verteidigte. Der Staatsanwalt versicherte mir pausenlos, daß es sich dabei durchweg um zwielichtige Personen handeln würde und führte das Beispiel eines Mann an, der als Alkoholiker mit Entzugserscheinungen ins Haftkrankenhaus eingeliefert worden sei. Von bezahlten Rufern des Klassengegners wurde mir berichtet und von anderen lichtscheuen Typen ...

Ich fragte die beiden, ob sie tatsächlich glaubten, nur solche Leute wären dort zu finden, und ich fragte mich, ob Wötzel von den entsprechenden Organen nur in diesem Stil informiert wurde. Ob er ihnen das abnahm? Warum informierte er sich nicht selbst vor Ort?

Am 2. Oktober hatte der Protest eine neue Dimension erreicht: Zehntausend Menschen demonstrierten über den Ring. Die Leipziger Volkszeitung schrieb einen Tag danach: »Am Montagabend kam es in der Innenstadt erneut zu einer ungesetzlichen Zusammenrottung größerer Personengruppen, die die öffentliche Ordnung und Sicherheit störten und den Straßenverkehr der Innenstadt beeinträchtigten ...«

Ich las die Meldung nicht ohne Erheiterung: Zehntausend Demonstranten waren also im Parteijargon eine »größere Personengruppe«.

Der Staatsanwalt sagte in unserem Gespräch: »Bei keinem der Einsätze ist auch nur ein Schlagstock benutzt worden, aber am 2. Oktober sind vierundsechzig Polizeimützen durch die Luft geflogen!«

Vierundsechzig fliegende Polizeimützen – welche Tragik! Daß man sich bei aller Hektik noch die Zeit genommen hatte, sie zu zählen, war wieder typisch für die DDR-Sicherheitskräfte. Ordnung muß sein! Was war passiert? Um den Zug der Massen aufzuhalten, mußten Bereitschaftspolizisten an jenem 2. Oktober auf dem Ring eine Kette bilden. Dabei verschränkten sie die Arme hinter dem Rücken und faßten jeweils die Hände des Nachbarn. Einige Demonstranten nahmen den dadurch nahezu Wehrlosen die Kopfbedeckungen ab und funktionierten sie unter großem Gaudi zu flachen Wurfscheiben um. Ob auch die von den Leipzigern abgedrehten Uniformknöpfe erfaßt wurden, entzieht sich meiner Kenntnis – aber anzunehmen ist es! Daß man an diesem Abend keine Schlagstöcke benutzt hätte, war eine glatte Lüge, denn selbst in der LVZ stand: »Der Einsatz von Hilfsmitteln der Deutschen Volkspolizei war unumgänglich.«

Was sind »Hilfsmittel der Deutschen Volkspolizei«? Vielleicht Kochlöffel, Rechenschieber oder Pflanzhölzer? Es wurde ziemlich laut im Büro des Sekretärs.

Sie glaubten mir nicht. Was denn am Neuen Form »staatsfeindlich« wäre, meinten die beiden, das wisse man im Moment noch nicht, aber wenn es das Ministerium des Innern so beschlossen habe, dann habe das schon seine Richtigkeit. Sie würden auf diese Entscheidung vertrauen.

Da war sie wieder, jene Disziplin, die mir damals bei vielen Genossen rätselhaft erschien, zumal bei so intelligenten Leuten wie Wötzel, irgendwann kam jenes – in Witzen oft strapaziertes – »Die Genossen werden sich schon etwas dabei gedacht haben«!

Am nächsten Morgen rief mich Roland Wötzel an. Mir schien, daß er bei seiner Einschätzung der Lage hin- und hergerissen war. Ich bezog mich auf das gestrige Gespräch und fragte ihn, ob er glaube, daß die Hunderttausende in China auch alle unrecht hatten. »Nein, das nicht.«

Am 5. Oktober veröffentlichte die Leipziger Volkszeitung das Foto eines Arbeiters, der laut Bildunterschrift »gern diskutiert«, aber kämpferisch sagte: »Ich habe auch Fäuste.«

Nun wurde die Sprache des Parteiorgans deutlicher, man sah sich nach Leuten um, die handfester waren.

Noch schlimmer kam es am 6. Oktober. Unter der demagogischen Überschrift »Werktätige des Bezirkes fordern: Staatsfeindlichkeit nicht länger dulden« schrieb der Kommandeur Günther Lutz im Auftrag der Kampfgruppenhundertschaft »Hans Geiffert«: »Wir sind bereit und willens, das von uns Geschaffene wirksam zu schützen, um diese konterrevolutionären Aktionen endgültig und wirksam zu unterbinden. Wenn es sein muß, mit der Waffe in der Hand!«

Nun mußten die Demonstranten damit rechnen, daß auch vor dem Gebrauch von Schußwaffen nicht mehr zurückgeschreckt würde. Erregt rief ich einen mir bekannten Redakteur der LVZ an, um ihm zu sagen, daß dies der letzte Grund für mich wäre, eine Zeitung mit derartiger Hetze abzubestellen, und fragte ihn nach seiner Meinung. Er hatte sein Blatt noch gar nicht gelesen, blätterte, suchte und meinte dann zögerlich: »Ich verstehe das als eine Warnung, aber das ist kein Gespräch fürs Telefon.«

Am 8. Oktober rief mich Roland Wötzel aus seiner Wohnung an und fragte nach meinem Befinden. »Schlecht«, sagte ich, und kam sofort auf die Polizeieinsätze vom Vortag in Berlin und Leipzig zu sprechen. Seine Stimme erschien mir besorgt und verzweifelt. Noch einige Tage zuvor hatte er in seinem Büro mit einer für mich geradezu extremen Gläubigkeit auf ein Zitat von Honecker verwiesen und mir in beschwörender Weise aus dem »Neuen Deutschland« vorgelesen, daß »wir zu qualitativ neuen Schritten in der Lage sind«. Mit der Hand klopfte er bei jeder Silbe zur Bekräftigung seiner Hoffnung auf den Schreibtisch. An diesen Satz aus dem ND klammerte er sich. Das Wunder war unterwegs. Er wartete auf die erlösenden Sätze aus Berlin. Doch von dort wurde kein neues Schrittmaß vorgegeben.

Die Lage spitzte sich in Leipzig und anderswo dramatisch zu. In unserem Telefonat hatten wir verabredet, daß ich Wötzel am Montag nach 14 Uhr anrufen sollte, damit wir vielleicht gemeinsam etwas unternehmen könnten. Er trug sich mit dem Gedanken, mit mir in die Kirche zu gehen und die Leute anzusprechen. Ich trat für eine genehmigte Demonstration ohne Anwesenheit von Polizei ein.

Wötzel hatte mir nach den zehntausend Demonstranten vom 2. Oktober vorgehalten: »Was sind zehntausend Leute im Verhältnis zur Einwohnerzahl von Leipzig bei den vielen Studenten, die wir haben.« Darauf entgegnete ich: »Laßt eine genehmigte Demonstration zu und dann zählen wir!«

»Da kämen viele.«

»Ihr wißt es also.«

Am Montag, dem 9. Oktober, war die Stimmung in Leipzig seit dem Morgen bedrückend und angespannt. Polizei, Armee und Kampfgruppen sollten sich formieren, von Bereitschaftsdiensten der Ärzte und Schwestern, von Notbetten in Krankenhäusern, der erhöhten Bereitstellung von Blutkonserven war die Rede ... Nach den Ereignissen des 7. Oktober war klar, daß es im Anschluß an das traditionelle Friedensgebet in der Nikolaikirche zu schweren Zusammenstößen kommen könnte. In nunmehr vier Kirchen fanden an diesem Tag die Friedensgebete statt. Erstmalig öffnete auch die Thomaskirche ihre Türen.

Die Menschen hatten Angst, aber es stand fest, daß sie trotzdem demonstrieren würden. »So kann es nicht weitergehen.« Dieser Satz beherrschte alle. Jeder spürte, wenn er jetzt nachließe, würde sich in diesem Land nie mehr etwas ändern. Meine Frau fütterte für alle Fälle vor den Demos unsere Katze, steckte sich als Notproviant Zwieback und Schokolade ein und zog die »Renn-sämmln« an, jene Schuhe, mit denen sie am besten laufen konnte.

Am 9. Oktober rief ich kurz nach 14 Uhr Wötzel an.

Er fragte mich: »Wo können wir uns treffen, um etwas zu besprechen?«

»Komm am besten zu mir.«

»Ich bin in einer halben Stunde da.«

Als Wötzel unsere Wohnung betrat, sagte er: »Wir fahren zu Masur. Meyer, Pommert, der Theologe Zimmermann und du. Ich hab dich vorgeschlagen. Wir formulieren einen Aufruf, Beginn des Dialoges, unsere Sorge in diesen Stunden. Machst du mit?«

»Natürlich.«

Ich wunderte mich sehr, daß ausgerechnet Agitprop-Chef Pommert dabei war, der in der Stadt als ein sehr dogmatischer Funktionär galt. Es war wohl auch eher ein Zufall, weil Pommert gerade im Zimmer gewesen war, als Meyer den amtierenden ersten Sekretär Hackenberg über ein Telefonat informierte, das Masur mit ihm geführt hatte. Masur hatte Meyer, den Sekretär für Kultur, am Mittag angerufen, um ihm seine Besorgnis mitzuteilen. Meyer und Pommert trafen auf dem Gang Wötzel. Er sagte den beiden, daß er mit Zimmermann und mir Kontakt hätte. Zimmermann kannte Wötzel durch seine Arbeit als Sekretär für Wissenschaft. Am 7. Oktober hatte der Theologe eine Auszeichnung zurückgegeben mit einem Brief an Honecker und einem Durchschlag an die LVZ. Wenn ich mich richtig erinnere, war der Hauptgrund jener erwähnte Brief des Kampfgruppenkommandanten.

Nun war Wötzel in unserer Wohnung, damit wir gemeinsam zu Masur führen. In angespannten Situationen neigt man zu scheinbar unsinnigen Handlungen. Ich rasierte mich noch und zog mich um. Vorher gab ich Roland Wötzel das Brecht-Gedicht über den 17. Juni 1953. In dem Text wird der Regierung empfohlen, sich ein neues Volk zu wählen, wenn es ihm nicht mehr gefiele. Dann reichte ich ihm einen Zettel, auf den ich ein Zitat von Martin Buber geschrieben hatte, das mir am Vormittag in die Hände gefallen war:

»Das Einzige, das dem Menschen zum Verhängnis werden kann, ist der Glaube an das Verhängnis, denn er verhindert die Umkehr.«

Wötzel sagte mir, daß er Buber kenne und sehr schätze. Er war der einzige mir bekannte Funktionär, der in Gesprächen auch Bibelzitate parat hatte.

Vor dem Haus wartete ein Lada. Wir fuhren gegen 15 Uhr zu Masur nach Leutzsch. Sein Haus liegt etwas versteckt, und wir kurvten eine ganze Weile herum. Eine Frau konnte uns endlich den Weg weisen. Das Haus von Masur kennt in dieser Ecke jeder. Die beiden anderen Sekretäre der Partei, Meyer und Pommert, und der Theologe Zimmermann waren schon da.

Masur begrüßte uns am Tor. Wötzel fragte, ob Masur und ich uns kennen würden. Masur lachte: »Schon ewig!«

Dann saßen wir an einem Tisch. Ein jüdischer Leuchter auf einer Kommode im Raum ist mir in Erinnerung. Wötzel telefonierte noch, wir tauschten inzwischen ein paar Floskeln aus, die die Anspannung mindern sollten. Masur war die Sorge anzumerken, und er hatte auch sofort einige Gedanken für unseren Aufruf parat. Pommert versuchte, das Wort »vertrauensvoll« in den Text einzubringen. Darauf Masur heftig: »Geht nicht! Vertrauen ist weg!«

Ich schrieb die Gedanken der Runde auf, wir sortierten die Sätze, präzisierten da und dort, wollten vor allem beide Seiten »der Barrikade« persönlich ansprechen. An die Funktionäre gewandt, sagte ich: »Nun müßt ihr dafür sorgen, daß sich die Polizei zurückzieht.«

Die Zeit drängte, bald saßen wir wieder in den Autos und fuhren in Richtung Zentrum. Wötzel sagte mir: »Das hätten wir schon vor vierzehn Tagen machen sollen.«

Als wir uns gegen 16.30 Uhr der Innenstadt näherten, gerieten wir in den Berufsverkehr, der an diesem Montag vor allem Demo-Verkehr war. Als ich sagte: »Das werden heute viele!«, drehte sich der Fahrer kurz zu mir um und nickte vielsagend.

Auf dem Ring, hinter dem »konsument« am Brühl, blieb ein alter Skoda vor uns stehen. Aufregung, Hektik, denn wir konnten die Spur nicht wechseln. Vor Masurs Wagen wiederum verstopfte ein Fahrschulauto die Spur. Im Gewandhaus angekommen, scherzte er: »Wegen kaputter Autos können Revolutionen scheitern!«

Ich setzte mich in einem Raum an die Schreibmaschine, tippte den Aufruf mit einigen Durchschlägen und las ihn noch einmal allen vor. Zimmermann stürzte gleich darauf mit den Durchschlägen los, damit der Text in den Kirchen verlesen werden konnte. Inzwischen war auch ein Mitarbeiter vom Sender Leipzig zum Gewandhaus gerufen worden. Der sollte den Text auf Band sprechen. Ich schlug vor, daß nicht er, sondern Masur als Bekanntester von uns den Aufruf verlesen sollte:

»Unsere gemeinsame Sorge und Verantwortung haben uns heute zusammengeführt. Wir sind von der Entwicklung in unserer Stadt betroffen und suchen nach einer Lösung. Wir alle brauchen einen freien Meinungsaustausch über die Weiterführung des Sozialismus in unserem Land. Deshalb versprechen heute die Unterzeichneten allen Bürgern, ihre ganze Kraft und Autorität dafür einzusetzen, daß dieser Dialog nicht nur im Bezirk Leipzig, sondern auch mit unserer Regierung geführt wird.

Wir bitten Sie dringend um Besonnenheit, damit der friedliche Dialog möglich wird.«

Und er schloß: »Es sprach Kurt Masur.«

Ehe wir auseinandergingen, versicherten uns die SED-Funktionäre im Arbeitsraum von Masur, daß die Polizeikräfte äußerste Zurückhaltung walten lassen würden.

Mit diesem Aufruf hatten zum ersten Mal drei Funktionäre der Partei in aller Öffentlichkeit zugegeben, daß es in der DDR massive Probleme gab. Drei hatten zumindest einmal ihren Schatten übersprungen und sich wegen der Sorge um Menschenleben an diesem Tag aus der Parteidisziplin entlassen.

Als ich vom Gewandhaus in Richtung Grimmaische Straße ging, traf ich zwischen den sich sammelnden Demonstranten meinen Sohn Sascha mit seinen Freunden. Ich erzählte ihm von unserem Aufruf und meiner Hoffnung, daß sich die Polizei heute zurückziehen würde. Der Platz vor der Universitätsbuchhandlung war schon schwarz von Menschen. Sie standen fast alle mit dem Gesicht zur Nikolaikirche. Die älteste Kirche der Stadt wurde zum Symbol der Erneuerung. Sie zog alt und jung an. Die Masse der Parteilosen und kritische Genossen.

Alle wußten, wenn 18 Uhr das Friedensgebet zu Ende war, würde die Demonstration beginnen. Menschen, die eben noch zu Gott gebetet hatten, riefen dann den Namen eines atheistischen Parteichefs, der ein Sechstel der Erde regierte: »Gorbi! Gorbi!« Und danach würde jenes rhythmische dreimalige Klatschen erfolgen.

91

Am Neumarkt standen LKWs mit Bereitschaftspolizei. Man sah Polizisten mit Hunden, die bellend an ihren Leinen zerrten. Vielerorts gab es aber auch Diskussionen und Gespräche zwischen Demonstranten und Einsatzkräften.

Als das Zeichen des Stadtfunks ertönte, liefen die Menschen zu den Lautsprechern, als in den Kirchen eine Mitteilung angekündigt wurde, herrschte Totenstille. Die meisten erwarteten, daß der Ausnahmezustand ausgerufen würde.

Nachdem in den Lautsprechern die Stimme von Masur verklungen war, gab es auf dem Karl-Marx-Platz Beifall und Rufe: »Masur! Masur!« In den Kirchen wurde nach dem Aufruf applaudiert. Der Text wurde auch 18 Uhr über den Sender Leipzig verlesen.

Die Spannung wich der Hoffnung, daß es doch nicht zum Schlimmsten kommen würde.

»Wir bleiben hier!« riefen die Demonstranten, und »Wir sind das Volk!« und das beschwörende »Keine Gewalt!«

Als wir uns nach der Demonstration wieder bei Masur im Gewandhaus trafen, waren alle sichtlich erleichtert. Zimmermann fehlte noch. Er kam schließlich atemlos angelaufen und rief aufgeregt: »Es klemmt an der BdVP!« Damit meinte er die Bezirksbehörde der Deutschen Volkspolizei – in jenen Tagen die sensibelste Ecke Leipzigs, wo Stasi und Polizei ihre Trutzburg hatten. Aber auch an diesem Tag zerbrach dort keine Fensterscheibe und gab es keine blutige Nase.

Ich ging in den Pfeffermühlen-Club, um mich dort, wie immer montags, mit Freunden und Bekannten zu treffen. Als ich in den überfüllten Raum trat, wurde ich mit Beifall begrüßt. Strahlende Gesichter. Eine unbeschreibliche Stimmung. Irgendwie fühlten alle, wir hatten gewonnen.

92

Die siebzigtausend vom 9. Oktober haben die DDR verändert. Nichts konnte mehr so sein, wie es war. Wieviel der Aufruf für den friedlichen Ausgang dieses Tages beigetragen hat, vermag ich nicht zu sagen. Aber eins ist für mich klar: Wären es, wie eine Woche zuvor, »nur« zehntausend gewesen, der 9. Oktober 1989 wäre ganz anders ausgegangen ...

Einmalig

Ein Volk ging im Herbst 1989 auf die Straße und gab dadurch den Banken ihr Eigentum zurück.

Sie hatten ihre Häuser als erste wieder.

Als das Schild »Staatsbank der DDR« abgenommen wurde, kam im Stein in verblichenen Buchstaben »Deutsche Bank« zum Vorschein. Etwas Goldbronze war schnell zur Hand und der vierzigjährige Schlummer der zwölf Buchstaben beendet.

Die Welt war wieder heil.

Aber hat sich die Bank bei Ihnen bedankt?

Wandel

Haben Sie einen guten Hauswirt? Ja!? Ein Glück für Sie, denn ein solcher ist heute wieder Gold wert! Ich will Ihnen von dem Haus erzählen, in dem ich in Leipzig wohne. Mein Hauswirt hieß bis vor ein paar Jahren VEB Gebäudewirtschaft Leipzig und hatte, wie Sie wissen, nicht sehr viel Interesse an Haus und Hof. Vielleicht entsinnen Sie sich noch des schönen Sprichworts: »Ruinen schaffen – ohne Waffen!«

Im Abrüsten von Wohnhäusern war der VEB Gebäudewirtschaft Leipzig Weltspitze! Man hatte für diesen Zweck sogenannte Techniker eingestellt ... Mit einem dieser Techniker besichtigte ich eine schöne große Altbauwohnung, die wir uns im Leipziger Süden ertauscht hatten.

Aber der Zustand!

Wir kamen in ein Zimmer, in dem durch einen Dauerwasserschaden die nackte Ziegelwand zu sehen war. Als ich den Mann fragte, was denn nun hier werden würde, strahlte er mich an und sagte: »Herr Lange, das Zimmer ist überhaupt kein Problem, das hamm mir schon aus der Miete rausgenomm!«

So einfach wurden seinerzeit die Probleme gelöst! Ein weiteres Problem, nämlich der absturzgefährdete Balkon, wurde dadurch beseitigt, daß wir ihn nicht mehr betreten durften und dafür allmonatlich die stolze Mietnachlaßsumme von einer Mark fünfzig erhielten! Dies nur als Hinweis für unsere westdeutschen Leser, damit sie endlich einmal erfahren, warum wir alle im Osten über die Jahrzehnte so viel Geld zusammenhorten konnten!

Ich gestehe, daß wir unseren Balkon dennoch betreten. Ich bestellte mir einen Statiker, der ihn sich genau betrachtete und sagte: »Herr Lange, es sieht wirklich sehr böse aus, aber – wir wollen mal hoffen! Er wird Sie schon noch ertragen! Sie müssen nur acht geben, wenn's knistert. Dann sollten Sie ganz schnell reingehen!«

Nun hoffe ich nur, daß ich mit steigendem Alter und allmählich nachlassendem Gehör zur rechten Zeit ... Sie wissen schon!

Doch zurück zu dem Zimmer mit der nackten Ziegelwand. Zum Glück lernte ich kurze Zeit darauf jemanden kennen, der Beziehung zu jemandem hatte, der wiederum jemanden kannte, der ein großer Kabarettfreund war!

Sie erinnern sich, Kabarettkarten waren einst fast so kostbar wie Westgeld!

Also, der Mann kam mit einer ausleierbaren Leiter auf unseren Hof, kletterte hinauf, wechselte ein Stück Fallrohr, und in zwanzig Minuten war die Hauswand eines vierstöckigen Jugendstil-Hauses trockengelegt!

Das Zimmer selbst ist heute noch aus der Miete herausgenommen – woher sollte die Gebäudewirtschaft jemals erfahren haben, daß der Schaden beseitigt war!

Einen weiteren Wasserschaden behob ich selbst, indem ich mit zitternden Knien auf ein nicht gerade vertrauenerweckendes Dach stieg und dort drei Eimer Dreck aus der Dachrinne kratzte, die ich meiner Frau in die Bodenkammer reichte.

Und da andere Hausbewohner ähnlich verfuhren, war unser Haus einfach nicht kaputt zu kriegen. Auch wenn sich der VEB Gebäudewirtschaft noch so sehr *nicht* darum kümmerte.

Dann kam der Herbst 1989. Die Menschen gingen auf die Straße und die Tage des VEB Gebäudewirtschaft waren gezählt. Die Demonstranten gaben den Hausbesitzern ihr Eigentum zurück. In meinem Fall zeigt sich nun, daß ich eine gute Vorsorge fürs Alter getroffen habe. Warum? Ganz einfach – wenn mein Hauswirt begreift, daß ich mitgeholfen habe, *sein* Eigentum vor dem sozialistischen Verfall zu retten, wird er zu mir sagen: »Herr Lange! Das kann ich doch nie wieder gut machen!!!«

Da werd ich ihm Mut machen!

Und von diesem Tag an kann ich mietfrei wohnen – oder was haben Sie gedacht!?

(1993)

Perpetuum mobile der Macht

Als Teilnehmer eines Forums saß ich 1990 in einem Hörsaal der Leipziger Universität. Irgendwann ließ mein Interesse nach, und ich besah mir die Malereien und Inschriften an den Klappsitzen der Stuhlreihe. Neben Liebesseufzern und Infos der Rockfans fand ich diese Parolen:

Mielke erwache!

Stasi, wehr dich endlich!

Es hätte einen nicht verwundern müssen, aber ich hatte noch nie ein so konkretes Dokument gesehen. Es wäre alles nahtlos weitergegangen, die Nachwuchskader hockten überall in den Startlöchern.

Einladung

Es war ein Ost-West-Treffen in Stuttgart im Juni 1990, im Garten der Landesregierung.

»Ich freu mich auf Ihren Auftritt, Herr Lange!«

»Sie haben Lothar Späth noch nicht kennengelernt? Ich stelle Sie ihm dann gleich vor!«

Es wurde Späther und Späther. Dieser und jener Westdeutsche sprach. Mein Auftritt wurde von Rede zu Rede verschoben.

»Sie sind gleich dran ... alles klar!?«

»Ich muß nur noch mal mit dem Ministerpräsidenten ... alles klar!?«

»Ich muß nur noch mal mit dem Intendanten ... alles klar!?«

Irgendwann sagte ich dem Verantwortlichen: »Ich geh jetzt, alles klar!?«

Ein Regierungsmensch kam mir hinterhergeeilt. Er wollte mich überreden zurückzukommen. Es war ihm einen Hauch peinlich. Ich erklärte ihm, daß mich jetzt nichts mehr von einem Bier in einer Stuttgarter Kneipe abhalten könne.

Nach dem dritten Glas meinte er: »Die Bundesdeutschen müssen sich im Gespräch grundsätzlich erst mal aufblasen und dem anderen klar machen, was sie für tolle Kerle sind.«

Nicht überall sind natürlich immer drei Bier zur Hand!

Werteverlust

April 1991.

Auf dem Flohmarkt am Stadion sitzt eine schwarz gekleidete Frau. Sie wirkt verhärmt, mittellos, blickt verloren vor sich hin und raucht.

Neben sich hat sie einige aufgeklappte kleine Pappschachteln liegen. Darin sind die Orden ihres Mannes. Orden, die ihm vom Ministerium des Innern verliehen wurden.

Bis vor zwei Jahren verwahrte sie sorgsam das verschließbare Fach in der Schrankwand, vielleicht gar in der Vitrine. Nun warten sie im Staub der niedrigen Mauer eines Brunnens auf Käufer.

»Nicht Stasi! Die sind nicht von der Stasi! Ministerium des Innern! Die hatten nichts mit der Stasi zu tun!« beteuert sie, als ich einen Blick auf die Stücke werfe, und hofft, daß sich nun die Verkaufschance erhöht.

Kaum jemand interessiert sich für die Metallstücke.

Der Abstand zur Geschichte ist noch nicht groß genug.

Ganz andere Preise erzielen die Nazi-Orden von nebenan.

Sie ist zu früh gekommen.

Zeitensprünge

Was haben diese Zeiten nicht alles hervorgebracht!

Aus braven Pastoren wurden eitle Politiker!

Ehemalige Nazis wollen die Häuser zurück haben, die sie seinerzeit arisierten.

Aus Arbeiterwohnungen wurden Rechtsanwaltskanzleien.

Aus Stasi-Leuten wurden Geschäftsführer.

Lettische Angehörige der Waffen-SS erhalten die deutsche Kriegsversehrtenrente.

Und dem stillschweigenden Schalck-Golodkowski hat man bestimmt schon heimlich das Bundesverdienstkreuz umgehängt!

Perfekt

Gegen das Militär können Sie sagen, was Sie wollen, aber zwischen dem Bund und der Nationalen Volksarmee hat die Vereinigung sofort geklappt.

Die einen hatten ein Feindbild, die anderen hatten ein Feindbild.

Die einen haben bißl rumgeschossen, die anderen haben bißl rumgeschossen.

Ob Diktatur oder Demokratie, die Armee ist jenseits von gut und böse!

Bei der Vereinigung der Armeen haben Sie gesehen: ein Befehl ist die effizienteste Leitungstätigkeit, die es gibt.

Keine langen demokratischen Quacksalbereien!

Ab morgen 7.30 Uhr ist der frühere Feind unser Freund!

Wegtreten!!!

Eine Frage des Gedächtnisses

Unlängst war ein emeritierter ML-Professor bei mir (Für Unkundige: er lehrte einst Marxismus-Leninismus – oder was er dafür hielt.). Der Mann wollte meine Unterschrift für ein Volksbegehren. Es ging um soziale Grundrechte. Die Forderungen hätte ich normalerweise unbedenklich unterschreiben können: Arbeit und Arbeitsförderung, angemessener Wohnraum, soziale Grundsicherung und Bildung ohne Diskriminierung.

Wunderbar!

Aber ich habe nicht unterschrieben.

Warum?

Mein Gedächtnis war mir im Weg.

»Jeder hat das Recht auf Bildung ohne Diskriminierung. Jeder hat das Recht ... unabhängig von religiösen Anschauungen ...« Da setzte mein Gedächtnis ein.

1958 kam ich aus der Schule. Die Oberschule in Zwickau blieb mir verwehrt, weil ich an der Jugendweihe nicht teilgenommen hatte. 1958 galt: ohne Jugendweihe kein Abitur. Das war sozusagen Bildung *mit* Diskriminierung.

Nun hatte mir nicht der leibhaftig in meiner Wohnung stehende emeritierte ML-Professor in jenem Jahr die Tür zur Hochschulreife versperrt, wohl aber seine Partei, der er bis 1990 angehörte und deren Übergang mit SED-PDS und Solo-PDS er in allen strategisch-taktischen Schritten mit vollzog.

Als ich ihm von diesem Punkt meiner Biographie erzählte, war er sehr erstaunt, daß es so etwas in der DDR gegeben hatte, denn er kenne doch von der Karl-Marx-Universität auch Pfarrerskinder, die studiert hatten. Außerdem dürfte ich den kalten Krieg in den fünfziger Jahren nicht vergessen, und wie sehe es denn heute aus: die Kriminalität, die Mieten, und früher hätte es keine Arbeitslosigkeit gegeben ...

Früher, sagte ich ihm, wären Sie mit Ihrer Unterschriftensammlung verhaftet worden.

Da staunte er wieder.

Und wenn jemand ein Recht habe, für Bildung ohne Diskriminierung Unterschriften zu sammeln, meinte ich, dann wären es jene Leute, die *das* durch ihren Mut ermöglichten: also die Leute vom Herbst 1989!

Er war nämlich gegen die Demonstrationen gewesen. Nicht mal den *linken* Fuß hatte er seinerzeit auf die Straße gesetzt!

Aber, so wurde mir mit leichter Erregung in Herz und Magen wieder klar: die Gewinner der Revolution sind halt jene, die am wenigsten damit zu tun hatten. So ist das ja auch mit dem Erben: Wer sich zu Lebzeiten des Erblassers am wenigsten um ihn kümmert, bekommt am meisten.

Ereignis

Wer die schöne Ausstellung »Eigener Herd ist Goldes wert« im Stadtgeschichtlichen Museum nicht gesehen hat – der hat etwas verpaßt! Es ging um Küche und Kochen in Leipzig.

Still und bescheiden stand auch ein Küchenmöbel aus dem Jahr 1913 im Raum. Was war das besondere an dem Schrank, der, verständlicherweise schon etwas lädiert, die Besucher nicht gerade magisch anzog?

Sein Schöpfer war's: ein Leipziger Kind! Es war eine Arbeit des Tischlergesellen Walter Ulbricht.

Sie entsinnen sich? Der wurde dann vom Dachdeckergesellen abgelöst.

Während ich vor dem Küchenschrank stand, ging mir nicht aus dem Sinn: Was wäre uns alles erspart geblieben, wenn dieser Tischler bei seinem Hobel geblieben wäre!

Der Meister

Er malt und malt.

Frühsozialistisch, spätsozialistisch.

Frühbürgerlich, spätbürgerlich.

Der letzte Renaissance-Maler in Europa.

Brillant.

Er lebt von der Vergangenheit.

Einen Schüler, der jahrelang mit an seinem berühmtesten Epos gemalt hatte, verklagte er wegen eines Bildes, in dem er Motive seines Werkes, seinen Stil erkannte. Was jeden Lehrer freut, war für ihn Grund, vor Gericht zu ziehen. Er siegte und kassierte das Honorar für das Bild, abzüglich der Kosten für Farben und Pinsel. Das Gemälde in einem Hotel wurde verhängt.

Seine Lehrer können nicht mehr prozessieren. Sie sind schon zu lange tot.

Der Meister erhob nicht seine Stimme, als eines der bedeutendsten Bauwerke der Stadt Leipzig am 30. Mai 1968 gesprengt wurde: die spätgotische Universitätskirche mit noch erhaltenen Teilen des Dominikanerklosters aus dem 13. Jahrhundert.

An jener Stelle, vielleicht in Höhe der früheren Empore, schuf er ein Wandgemälde. Meisterlich malte er den damaligen Herrscher, den Bezirksfürsten Paul Fröhlich, dem die Kulturschande entscheidend zu verdanken ist.

Im Jahr 1997 wurde in einer Kirche in Clausthal-Zellerfeld ein Altarbild des atheistischen Meisters geweiht.

Die Vernissage

Die Ausstellungseröffnung ist tot! Es lebe die Vernissage!

Nach und nach treffen die Vernissagisten ein. Glockenhelles Lachen links, dröhnender Baß rechts. Küßchen auf blasse Wange, Schmatz auf Schweinebacke. Gemurmel im Raum. Schließlich ein Ping, Ping und ein langmähniger Kunstwissenschaftler hebt zu einer kunstwissenschaftlichen Rede an: Symbolik und Kreativität. Formensprache und substanzielle Metamorphose der Tragik des Individuums, kurzum: er redet etwa über den Eiweißgehalt der Straßenbahnschiene in der Kurve.

Die Besucher blicken wissend und verstehend. Sinnen darüber nach, ob sie zu Hause das Gas ausgemacht haben, daß sie morgen endlich einen Zahnarzttermin vereinbaren müssen und daß die verführerische Beatrix schon wieder einen neuen Lover hat.

Die andächtig Dreinblickenden teilen sich in zwei Gruppen: die einen sind total in Schwarz gewandet – das sind die Künstlerinnen und Künstler, die anderen allesamt Schlips- und Schmuckträger. Letztere sind Banker, Rechtsanwälte und Steuerberater mit Gattinnen oder Freundinnen. Jene Herren sollen die Kunst erwerben. Sie verfügen über entsprechend weiße Wände in ihren Büros und Kanzleien und vor allem – über Geld.

Beim kapitalistischen Realismus handelt es sich also um Büro- und Kanzleikunst. Vor dem Kauf muß aber den potentiellen Kunstfreunden aus berufenem Munde noch eingeredet werden, daß es sich durch die Bank für die Bank um große Kunst handelt.

Deshalb die Rede über die substantielle Metamorphose der ..., die endlich zum Ende kommt.

Nun wird schnell, ehe es warm wird, das kalte Büfett eröffnet. Ein happening besonderer Art. An einem kalten Büfett in den Hungerjahren nach dem Krieg wäre es zivilisierter zugegangen. Die Massen stürzen los wie weiland die DDR-Bürger, als Ungarn die Grenze zu Österreich öffnete.

Zum Essen formieren sich die Gruppen wie am Anfang. Glockenhelles Lachen links. Dröhnender Baß rechts.

Nachdem Mayonnaise und Meerrettich aus dem Bart gewischt wurden, schreitet man, mit Bier- oder Weinglas bewaffnet, zum Blick auf die Kunst:

»Toll, was!?«

»Ja, toll.«

»Dieses Rot!«

»Phänomenal.«

»Ganz enorm.«

»Ja.«

»Das lebt.«

»Das kommt einem richtig entgegen.«

»Genau. Das springt einen an.«

»Total dynamisch.«

»Wie heißt der?«

Inzwischen hat laute Musik eingesetzt. So laut, daß das glockenhelle Lachen, das inzwischen durch zu dynamischen Rotweingenuß schriller wird, und der dröhnende Baß große Mühe haben, noch gehört zu werden.

Eine Frau schreit einem Ehepaar ins Ohr, daß sich ein Freund von ihr das Leben genommen hat.

Zwei stadtbekannte Künstler meinen, daß dem X überhaupt nichts mehr einfiele. Trotzdem verkaufe er wie wahnsinnig.

108

Ein Steuerberater erklärt dem Kunstwissenschaftler, was er noch alles absetzen könne.

Es kommt zu ersten Tanzversuchen zwischen einem Schlipsträger und der Besitzerin des kürzesten schwarzen Minirocks. Schlips und Rock finden später neben einem Bett mit schwarzer Bettwäsche zueinander – die Vernissage war ein Erfolg.

Post

Seit über dreißig Jahren spiele ich Kabarett, und so ist verständlich, daß einen dieser und jener in der Stadt Leipzig kennt. Nach der Wende traten wir öfters im MDR-Fernsehen auf, und dadurch wurden wir vor allem in Sachsen, Sachsen-Anhalt und Thüringen bekannt.

Ich ahnte aber nicht, daß auch in den alten Bundesländern eine Menge Leute von mir wissen. In den letzten Jahren erhielt ich viel Post, manchmal fast täglich. Unter anderem bekam ich eine Einladung aus Osnabrück und zwar eine Einladung ... für die Nordwestdeutsche Klassenlotterie!

Da steht auf dem Briefkopf ganz groß: »Sie sind herzlich eingeladen! Es geht um 310 Millionen! Steuerfrei!«

Ich dachte, ich lese nicht richtig, und deshalb schreibt auch gleich der Herr Vogel aus Osnabrück:

»Sehr geehrter Herr Lange, Sie lesen richtig!«

Da können Sie sehen, wie sich die Fachleute psychologisch in uns hineindenken können!

»Hand aufs Herz«, so schreibt Herr Vogel weiter, »ein Vermögen wäre doch etwas für Sie!«

Ich schwöre Ihnen, ich habe den Vogel noch nie gesehen ... woher weiß der das!?

»In einem Spiel, in dem bald jede zweite Nummer gewinnt und es Treffer bis in Millionenhöhe gibt, dürfen Sie nicht denken: ›Ich gewinne ja doch nicht!‹«

Genau das hab ich gedacht!!! Mir wurde langsam unheimlich!

Herr Vogel schickte mir im Kuvert auch gleich eine

»Gewinn-Garantie über DM 310 443 200,–« mit. Also nicht über die ganze Summe!

Nachdem ich das Kleingedruckte gelesen hatte, wurde mir klar, daß die »Gewinn-Garantie« in etwa darin besteht, daß ich eine echte Gewinnchance habe.

Wer denkt denn auch so was! Bei einer Lotterie! Das beigefügte Los 1. Klasse mit meinem Namen war aber nicht, wie ich schon herzklopfend vermutete, mein »Ganzes Los«, doch auch hier hatte Herr Vogel meine Gedankengänge genau verfolgt und schreibt: »Ihr persönliches Originallos habe ich für Sie zurücklegen lassen.«

So was von nett!!! Wer hat mir jemals in der DDR etwas zurückgelegt!?

»Ihr Originallos kann Ihr Leben verändern!« Das erleben ja im Osten zur Zeit Hunderttausende, wie ihr Leben durch Ihr Original-Los verändert wird.

Aber nun kommt etwas Verblüffendes: Herr Vogel hat eine Frage, die ich einem bundesdeutschen Lotterieeinnehmer nie und nimmer zugetraut habe. Er fragt: »Klassenlotterie, was ist das?« Zum Glück beantwortet er es gleich selbst: »Das ist ein Spiel, in dem Sie von einer Klasse in die nächste aufsteigen. Je höher die Klasse, desto mehr Gewinn-Chancen gibt es und desto höher ist auch die Gewinnsumme.« Das klang ja fast wie Parteilehrjahr über den Kapitalismus an sich.

Aber den schönsten Satz von Herrn Vogel, den will ich Ihnen nicht vorenthalten:

»Nutzen Sie Ihre Chance! Werden Sie *jetzt* Millionär!«

Also, ganz ehrlich, unter uns, ich hatte das erst fürs nächste Jahr vor ... aber ich wär ja wirklich blöd, wenn ich nicht jetzt schon zugreife!

Der Künstler

Im Hauptbahnhof von Hannover: Menschen hasten mit Taschen und Koffern vorbei.

Im Trubel steht ein betrunkener Sänger. Ein kräftiger Mann mit Pelzmütze, abgeschabtem offenen Wintermantel. In einer Hand hält er die Flasche, die bei seinen Armbewegungen durch die Luft tanzt.

Er singt mit ausgebildet wirkender Stimme: »Fünftausend Taler!«

Dann bricht er seinen Gesang ab und fragt die Vorbeigehenden: »Aus welcher Oper ist das Lied?«

Die Menschen sehen ihn teils belustigt, teils genervt an. Er gibt nicht auf.

Immer und immer wieder: »Fünftausend Taler!«

»Aus welcher Oper ist das?«

Endlich erhält er von einem Vorübereilenden eine Antwort:

»Dreigroschenoper.«

Die Gräfin vom Ku'damm

Mitten am Kurfürstendamm, der bekannten Flanier-
meile Berlins, sehe ich einen Haufen blauer prall gefüll-
ter Plastetüten. Leute eilen geschäftig vorbei, bemerken
nicht, daß inmitten dieses Müllbergs ein lebendes Wesen sitzt.

Jenes Wesen hat einen alten Sturzhelm auf, darunter
eine Mütze, Sonnenbrille, den Körper wärmen an diesem sonnigen Tag zusätzlich verschiedene Jacken, darüber eine schwarzweiße Häkelstola. Dies könnte auf ihr
Geschlecht deuten.

Später erfahre ich, daß es sich tatsächlich um eine
Frau handelt, die sich ständig an verschiedenen Orten
am und um den Kudamm herum aufhält.

Ihre Hauptbeschäftigung besteht darin, eingeschweißte
Toastscheiben für Tauben zu zerbröseln. An heißen Tagen sitzt sie unter einem Sonnenschirm auf ihrem Stuhl.

Spekulationen schwirren um den Damm: Sie wäre
eine verarmte Adlige, durch eine unglückliche Liebe irre
Gewordene, stamme aus den ehemaligen deutschen Ost-
gebieten oder wäre früher eine Geschäftsfrau gewesen …

Nur eins habe ich noch nie gehört: Daß sie eine verarmte ehemalige Bundestagsabgeordnete sei.

Essen in England

Die Küche in old England ist – mit Verlaub – etwas wunderlich.

Vielleicht liegt's am Inseldasein, daß man auf eigenwillige Gedanken kommt. Also zum Beispiel: Pizza mit Kartoffelbrei! Oder Pastete mit Nierchen gefüllt und – Kartoffeln!

Als Nachtisch eine Art ... wie soll ich sagen, ohne jemand zu beleidigen ... aufgeweichter Hundekuchen mit Sahne und Beeren.

Meine Frau und ich haben bei unserer Brightoner Wirtin alles tapfer geschluckt. Mitunter bin ich jedoch nach dem Essen schnell nach oben zu einem Underberg geeilt.

Am meisten verblüffte mich, daß die Insulaner jegliches Gemüse so verzehren, wie sie es aus dem Wasser nehmen. Ich frage mich, wozu sie die ganze Welt samt ihren Gewürzen erobert haben, wenn sie keine benutzen!? Oder sind die Briten generell auf Diät gesetzt? Der englische Kuchen und das Gebäck erinnerten mich zutiefst an die seligen Zeiten des VEB Backwarenkombinates Leipzig, und sächsischer Bliemchenkaffee erzeugt gegen den englischen noch Herzklopfen.

Allen, die wissen wollen, was in Großbritannien nun wirklich ausgesprochen gut schmeckt, denen empfehle ich: 1. Whisky, 2. Tee, 3. Jam und Toast.

Gut schmeckt auch Tee oder Whisky oder die englische Konfitüre mit Toast, aber auch Whisky, jam mit Toast und Tee ...

Ein Getränk

Wissen Sie, wie in England das Bier schmeckt?

Nein!?

Interessiert es Sie wirklich!?

Ich sag Ihnen gleich – wenn Sie Biertrinker sind, benötigen Sie jetzt gute Nerven! Wer die nicht hat, sollte hier lieber nicht weiterlesen!

Stellen Sie sich folgendes vor: Es ist Gaststättenschluß, der letzte Gast hat das Lokal verlassen. In einigen Biergläsern befinden sich noch ein paar Reste. Wir in Sachsen sagen dazu »Neeschn«. Das Wort kommt bekanntlich von »Neige«, es handelt sich also bei diesen Resten um zur Neige gegangenes Bier.

Diese »Neeschn« schütten Sie nun in ein Glas.

Und das – trinken Sie am nächsten Tag!

Dann haben Sie eine Vorstellung, wie englisches Bier schmeckt!

Wie ich zwei Weltstars kennenlernte

Die Geschichte hat eine Vorgeschichte: Nie im Leben hätte ich gedacht, daß ich eines Tages in Los Angeles Freunde haben würde! Mein fernster Freund war während der DDR-Jahre Urs in Zürich.

Es begann damit, daß ich 1988 für die »Leipziger Blätter« einen Beitrag über den Novemberpogrom von 1938 schrieb. Nachdem mein Text erschienen war, erhielt die Redaktion einen Brief aus Los Angeles. Henry Bamberger, Sohn der Eigentümer des legendären Konfektionshauses Bamberger & Hertz dankte für das Gedenken an seine Familie. Die Nazis hatten in der Nacht vom 9. zum 10. November das Geschäft am Augustusplatz angezündet. Seine Eltern und sein Onkel fielen später dem nazistischen Rassenwahn zum Opfer.

Ich schrieb Henry Bamberger und schickte ihm drei Reklamemarken seiner väterlichen Firma, die am Anfang des Jahrhunderts in Deutschland große Mode waren. Kinder sammelten sie, Firmen nutzten sie zum Verschließen von Briefen. Henry Bamberger hatte solche Marken, die »Herren und Knaben« in verschiedener Kleidung zeigten, noch nie gesehen und freute sich riesig. Schließlich erinnerten die kleinen papiernen Dokumente an das Leben seiner Familie in ihren Leipziger Tagen. Er ließ die Marken rahmen und versprach, sich bei seinem nächsten Leipzig-Besuch zu melden.

Und das tat er auch. Zwischen den Ehepaaren Bamberger und Lange entspann sich eine Freundschaft, wie man sie in solchen Lebensjahren selten noch schließt.

1993 lud das Goethe-Institut unser Kabarett zu einem Gastspiel in die USA ein. Wir spielten in St. Louis, Dallas, Houston. Drei Vorstellungen gaben wir in Los Angeles. Wir hätten nie gedacht, daß unser Programm so aufgeschlossenes Publikum finden und so gut verstanden würde.

Meine Frau und ich waren nach unseren Auftritten noch Gäste von Margot und Henry Bamberger. Die beiden brannten ein Feuerwerk der Gastfreundschaft ab. Da wir das Zimmer in einem wunderschönen Hotel nicht sofort beziehen konnten, luden sie uns zum Essen in ihren Tennisklub in Beverly Hills ein. Dieser zufälligen Verzögerung verdanken wir die folgende Begegnung!

Plötzlich sagte Henry Bamberger: »Bernd-Lutz, jetzt kommen zwei, die Sie garantiert kennen!«

Ich drehte mich um und sah Jack Lemmon und Walter Matthau mit zwei Leuten den Weg entlang schlendern.

Also, es war ja schon aufregend, in Amerika zu sein! Hätte mir jemand vor fünf Jahren gesagt, daß ich hier einmal Kabarett spielen würde, ich wäre über ein mildes Lächeln nicht hinausgekommen! Aber nun auch noch diese beiden großen Komödianten aus nächster Nähe zu sehen, das war schon ungeheuerlich! Und mein Freund kannte Matthau bereits seit vielen Jahren.

»Hi, Henry!«

»Hi, Walter!«

Matthau wirkte auf Anhieb wie in seinen Filmen – verknautscht, kurios – und blödelte am Nachbartisch sofort los. Beim Blick in die Speisekarte verfiel er in einen Sprachmischmasch, auch Jiddisches kam darin vor.

Henry Bamberger erzählte mir, daß Matthaus Familienname eigentlich Matuschanskayasky lautet – nicht gerade

117

der ideale Name für eine Schauspielkarriere. Er ist der Sohn einer jüdischen Emigrantenfamilie, die aus Litauen stammt, und der Vater war wohl sogar Rabbiner. Wie Tausende aus solchen Familien wuchs er in New Yorks Lower East Side auf, dem Zentrum jüdischer Einwanderer in früheren Jahrzehnten. Eigentlich dürfte er nach seinem erfolgreichen Leben sehr reich sein, aber es ist bekannt, daß er sein Geld ständig verspielt. Zum Glück für uns, denn deshalb muß er immer wieder neue Filme drehen. Er ist also nicht nur im Film ein großer Spieler.

Henry erzählte den beiden, daß wir Freunde von ihm aus Deutschland seien.

»Und, Henry, sind's Neonazis?« fragte Matthau schwarzhumorig. Matthau führte uns sofort mit breitem amerikanischen Akzent vor, was er auf deutsch drauf hat: »Bescheidenheit ist eine Zier, doch es geht auch ohne ihr!« und kicherte darüber. Gelehrt habe ihn diesen Satz Marlene Dietrich! Als er hörte, daß ich Kabarettist sei, erinnerte er sich an Dolly Haas. (Sie spielte seinerzeit in der »Katakombe« – dem letzten bedeutenden Kabarett der Weimarer Republik, das Werner Finck gründete.) In den dreißiger Jahren kam sie in die USA. Und Matthau sang: »Jetzt geht's der Dolly gut, sie ist in Hollywood …«

Ich habe, seitdem ich reisen kann, Mitleid mit meinem Englisch. Aber niemals zuvor habe ich es so wie in jenen Stunden bedauert, mich nicht fließend verständigen zu können. Bevor ich mich auf das Sprachniveau eines 12jährigen Schülers begab, ließ ich natürlich lieber Henry Bamberger übersetzen.

Als er von Leipzig als der Hauptstadt der Revolution sprach, sagte Lemmon zu uns: »Gratulation!« Lemmon wirkte sehr bescheiden, nachdenklich, interessierte sich für Einzelheiten. Gewiß ist er, wie viele große Komödianten, ein sehr ernster, sensibler und verletzbarer Mensch. Mit einem Anflug von Melancholie. Vom Typ her übrigens einer, der so frappierend dem Durchschnittsbürger ähnelt, daß er alle möglichen Vertreter dieser größten Gesellschaftsklasse spielen kann. Jeder, der ihn sieht, denkt wohl wie ich als erstes an »Manche mögen's heiß«. Ein Welterfolg. Mit Tony Curtis und Marilyn Monroe. Billy Wilder, der aus Deutschland stammende Komödienkönig, drehte diesen und einige weitere Filme mit Lemmon und Matthau. In den letzten Jahren der Weimarer Republik hatte Wilder noch das Drehbuch für »Emil und die Detektive« geschrieben. Als Jude mußte er vor den Nazis fliehen, um sein Leben zu retten.

Ich überlegte ..., welcher Film war das doch gleich, in dem Lemmon die Spaghetti auf dem Tennisschläger abtropfen ließ ..., klar, »Das Appartment« mit Shirley McLaine. Großartig! Aber unvergeßlich ist mir auch seine Rolle in »Missing«, diesem gesellschaftskritischen Film, in dem er sich auf die Suche nach seinem politisch engagierten Sohn begibt, der in einer südamerikanischen Diktatur umgebracht wurde.

Und nun saß Lemmon aufmerksam da, sah immer wieder Henry Bamberger, meine Frau Stefanie und mich an, hörte von den Demonstrationen auf dem Leipziger Ring, und wie ein ganzes System durch den Mut vieler zerbrochen war. Er lächelte manchmal ein wenig, nickte zu diesem und jenem Satz. Als sich die beiden verabschiedeten, küßte Lemmon Stefanie die Hand.

Ich hab kein Foto gemacht! Das wäre mir doch zu blöd gewesen, die viel Fotografierten damit zu belästigen. Drum hab ich's nun wenigstens aufgeschrieben.

Die Audienz

Im Petersdom konnte ich keine Andacht empfinden. Dieses Bauwerk ist mir viel zu gewaltig, zu pompös. Ich glaube auch nicht, daß es zur Ehre Gottes gebaut wurde. Hier wird sehr deutlich menschliche Macht ausgestellt. In jeder kleinen Dorfkirche empfinde ich mehr als in diesem monströsen Bau. Der Petersdom verkleinert den Menschen, und dahinter steckt eine Absicht.

Mit meiner Frau erlebte ich eine Massenaudienz. Im Vorprogramm sprach ein Geistlicher im Halbdunkel. Er predigte. Die Spannung wuchs. Danach geschah eine Weile nichts. Dann schossen mit einem Schlag alle Strahler ihr Licht auf den Heiligen Stuhl. Ein Raunen erfüllte die Kirche. Vorn war das Licht. Und wo das Licht ist, kann ER nicht weit sein. Nach einer dramaturgisch geschickten Pause kam ER schließlich. Die Massen jauchzten. Die Leute gerieten aus dem Gotteshäuschen. Viele Menschen bestiegen die Stühle, um IHN besser sehen zu können. Der Papst rief die einzelnen Pilgergruppen unter Nennung des Städtenamens auf. Und die entsprechenden Leute jubelten und klatschten wie auf dem Fußballplatz. Das laute Rufen ließ er demütig über sich ergehen.

Ich sah einen Goralen in seiner Tracht, der sich vor lauter innerer Bewegung schwer atmend an eine Wand lehnte. Er verkraftete kaum, was er erlebte. Wer weiß, unter wieviel Opfern er sich diese Reise zusammengespart hatte, um IHN zu sehen. Die eine Stunde bedeutete ihm alles.

120

Ich mußte daran denken, daß mich mit diesem Polen ein gemeinsames Schicksal verband: Wir mußten beide unter atheistischen Nachmachern zentralistischer Macht leben, wir hatten die Kopie des Katholizismus erlebt. Mit der reinen Lehre in Moskau, dem unfehlbaren Dogma der Partei, mit Ketzern und Reformern, mit Liberalen und Orthodoxen und neuen Heiligenbildern. Nur eine Jungfrau gab es nicht.

Und so mußte ich im Petersdom kurioserweise an Honecker denken, weil der wußte (oder zumindest ahnte), daß alles ins Rutschen geraten würde, gäbe er auch nur einen Fingerbreit nach. Das weiß ER auch. Deshalb mitunter Zustände wie im Mittelalter.

In diesem Gelände, dachte ich, hat also die Inquisition noch Büroräume. Irgendwo hängt hier ein Sündenregister aus, in dem der brave Katholik nachlesen kann, weshalb in der Hölle für ihn bei diesem und jenem Vergehen ein Brikett nachgelegt wird.

Ich erinnerte mich an die Empfehlungen für Ehe- und Familienfragen, die der Leiter der päpstlichen Institution gegeben hatte: Wenn ein aidsinfizierter Ehemann die lebenslange Abstinenz nicht erträgt, sei es besser, er infiziere seine Ehefrau, als daß er ein Kondom benutze! Die Wahrung des Sakraments der Ehe sei dem Leben vorzuziehen.

Für mich sind das heidnische Menschenopfer.

Ich bau aber drauf, daß das göttliche Sündenregister vom päpstlichen entscheidend abweicht!

Moses

Ich weiß nicht, wie er wirklich hieß. Meine Frau und ich nennen ihn in unserer Erinnerung Moses.

Wir suchten in der Gegend um die »Mazzesinsel« – ein Begriff, der garantiert von Nichtjuden stammt – nach den Spuren jüdischen Lebens in Wien. Ein paar orthodoxe Juden mit Schläfenlocken hasteten vorüber. Vermutlich waren sie auf dem Weg in die Synagoge, um ihren religiösen Eifer zu beweisen, gemessenen Schrittes geht ein frommer Jude nur nach dem Gebet.

Schließlich sprachen wir einen Mann an, den wir für einen Juden hielten und fragten nach Synagogen oder jüdischen Geschäften im Viertel. Trotz der Hitze trug er Hut und Mantel. Die Gelassenheit mancher frommen Juden gegenüber äußerlichen Dingen war bei ihm nicht zu übersehen. Ein abgetragenes Hemd, der Mantel uralt, das Leder seiner schwarzen Schuhe in tausend Rissen aufgebrochen. In der Hand hielt er eine zerknitterte Plastetüte. Er verstieß mit seinem Stil in jeder Beziehung gegen unsere Art Ordnung.

In der darauffolgenden Stunde, in der wir miteinander sprachen, tat sich eine geistige Welt auf, die uns faszinierte. Wir standen einem Fundus an jüdischer Weisheit gegenüber, hier schwangen jahrtausendealte Erfahrungen und Vermutungen über den Sinn des Lebens mit.

Seine Sätze waren klar und logisch. Im Anzug, mit Schlips und Kragen, hätte man ihn für einen brillanten Lehrer halten können. Wir sprachen über Gott und die Welt – und wanderten mit der Sonne, wir mußten immer ein Stück weitergehen, um an diesem heißen Tag in den Schatten zu gelangen.

Nichts konnte seinen Glauben erschüttern: »Um Gott zu verstehen, müßte man Gott sein.«

Und er zitierte während seiner Ausführungen Maimonides und Kant, Nietzsche und Einstein und was noch an Geistesgrößen auf dieser Welt gewandelt ist.

Er erzählte davon, daß auch in Wien eifernde Christen immer noch versuchen, die Juden zu bekehren: »Kürzlich standen zwei Frauen vor meiner Tür, zwei junge Damen. Mit einer Bibel unterm Arm. Ich sagte zu ihnen: Gehen Sie in ein Café. Bestellen Sie ein Eis und lesen Sie eine Illustrierte, mich werden Sie nicht ummodeln!«

Wieder rückten wir weiter, um im Schatten zu stehen.

»Die Bibel«, meinte Moses, »ist ein von Luther tendenziös übersetztes Buch. Denn er war bekanntlich stark antisemitisch eingestellt.« Er bat um eine Zigarette.

»Wer beten will, soll in eine Kirche gehen, in eine Synagoge oder in eine Moschee. Basta. Wozu braucht die Kirche diesen wahnsinnigen Apparat? Warum wurden Nazimörder von hohen Würdenträgern der Kirche geschützt, und warum wurde ihnen die Flucht nach Südamerika ermöglicht? Warum gab es diese ›rat-line‹?«

»Rattenlinie« wurde von amerikanischen Insidern jene Reiseroute genannt, die Verbrecher des NS-Regimes auf dem Weg von Europa in die Freiheit nutzten.

Ich fragte ihn nach der Nazizeit in Wien.

»Die Deutschen waren gründlich, aber die Österreicher brutaler. Sie wissen ja, wieviele der großen Nazis aus Österreich kamen. Von Hitler bis Kaltenbrunner und Stangl ... Da drüben«, und er zeigte auf ein Haus, »hat man 1938 einen kleinen Händler mit den Füßen an ein Pferd gebunden und über die Straße geschleift. Und dann die Juden, die das Trottoir mit der Zahnbürste scheuern mußten, das geschah nicht in Berlin oder Dresden, sondern in Wien. Und ringsum standen lachende Menschen.«

Moses war nach dem Krieg nach Buchenwald gefahren, um Kaddisch für seinen Vater zu beten. Die traurigste Reise seines Lebens: das jüdische Totengebet am Ort tausendfachen Tötens.

Als er hörte, daß wir aus Leipzig kamen, sagte er: »Leipzig? Da hat doch Goethe eine Weile gelebt«, und er zitierte ein langes Stück aus dem »Faust«.

Meine Frau bot ihm noch eine Zigarette an. Er lehnte dankend ab, er habe nur die eine gewollt, auch eine Einladung zu einem Kaffee schlug er aus. Ich erzählte ihm, daß ich mich mit der Geschichte der Leipziger Juden beschäftigte.

»Und? Sind Sie schon auf den Rabbiner Friedmann gestoßen?«

»Natürlich. Israel Friedmann, der verehrte Rebbe der Boyaner Chassidim.«

»Ein bedeutender Mann!« Und ein wenig wunderte sich Moses doch, daß ausgerechnet ein Goj aus Leipzig ihn kannte.

»Sagt Ihnen der Name Edith Stein etwas?« fragt er mich ohne Übergang.

»Ja.«

»Wie kann man nach allem, was Christen den Juden angetan haben, zum Christentum übertreten ... als intelligenter Mensch?!«

Die Frage konnte ich ihm nicht beantworten. Ich erzählte ihm, daß ich von Beruf Kabarettist sei und daß man sage: Wo ein Jude ist, ist auch ein Witz – doch daß ich noch keinen von ihm gehört hätte.

Er lächelte und gab einen zum besten: »Ein Jude betet

in der Synagoge. Mit zunehmend drängender Stimme. Sein Beten wird lauter. Sein Beten dröhnt im Raum. Irgendwann meint sein Nachbar: ›Mit Gewalt wirst du hier auch nichts ausrichten!‹«

Mich interessierte die ganze Zeit, was er wohl in seinem zerknitterten Plastebeutel mit sich herumtrug, und so fragte ich ihn schließlich danach. Doch keine Bücher kamen zum Vorschein, wie ich vermutet hatte, sondern ein Dreifach-Stecker, den er an diesem Vormittag jemandem brachte, der ihn sich erbeten hatte. Ich nahm diesen Dreifach-Stecker nach unserem Gespräch als Symbol für die Kirche, die Synagoge und die Moschee.

Das Ende der Andacht

An der Klagemauer sah ich einen Juden beten.

Er ging nach Beendigung der Zwiesprache mit seinem Gott, wie es sich für fromme Juden gehört, rückwärts, mit Blick auf den letzten Rest des Tempels. Erst nach entsprechendem Abstand, in Höhe der Absperrung der heiligen Stätte, drehen sich jene Beter um und laufen in normaler Gehrichtung weiter.

Als der Mann die ersten Schritte rückwärts gesetzt hatte, klingelte in der Jackettasche sein Handy. Er drehte sich auf der Stelle um, zog den Hörer aus der Tasche und opferte seine Andacht dem Gespräch.

Die Leitung zu seinem Gott war unterbrochen.

Abgeguckt

Ein Abend in Tel Aviv.

Meine Frau, mein Freund und Kollege Gunter Böhnke und ich bummeln die Ben-Yehuda-Street entlang und sehen in die Auslage eines Antiquitätengeschäfts. Hinter der Glastür steht ein Hund. Vom Typ her ein Zwergschnauzer. Als wir vor ihm stehenbleiben, bellt er nicht, gibt keinen Mucks von sich, sieht uns an und entblößt plötzlich seine obere Zahnreihe bis zum Zahnfleisch.

Sein Gesicht wirkt wie das übereifrige Lächeln eines Verkäufers hinter der Ladentafel im Angesicht eines Kunden.

Wenn wir ein paar Schritt beiseite gehen, schließt er sein Maul. Sobald wir uns der Tür nähern, »grinst« er uns wieder an. Eine tierische Parodie auf menschlich abrufbare Höflichkeit. Ich hab mich noch nie von einem Tier so genarrt gefühlt.

Glasers Sprüche

»Hat Ihre Braut ein schönes Bein, dann muß der Strumpf von Eulitz sein!«

Gunter Böhnke und ich hörten den alten Werbespruch in Kfar Monasch, einem israelischen Dorf, als wir während eines Gastspiels den ehemaligen Leipziger Alfred Glaser besuchten. Wir hatten mit ihm schon im »academixer«-Keller beim Bier gesessen und konnten nicht genug von seinen Leipziger Erinnerungen hören. Wir wußten nicht, daß es unser letztes Zusammentreffen sein würde. Glaser war ein Mann, der eine ordentliche Portion sächsischen Humors besaß und einer der letzten, der noch solche Zeilen aus den zwanziger und dreißiger Jahren parat hatte. Außerdem war er garantiert der einzige Israeli, der hebräisch mit stark sächsischem Akzent sprach!

»Backe, koche, brate, schmore nur noch mit Brikett Hallore!«

Glaser hatte ein besonderes Faible für Werbesprüche, schließlich verkaufte er zeitweise selbst auf der Leipziger Kleinmesse für einen Leipziger Fischladen Aale – entsprechend werbewirksam. Als Kind hatte er schon den legendären Seifert's Oskar bewundert, als junger Mann war er gern Gast in den unzähligen herrlichen Kneipen und Restaurants der Messestadt.

»Prost Gusche – jetzt kommt ne Husche!«

oder »Auf daß unsere Kinder lange Hälse kriegen!« sind Trinksprüche aus vergangenen Tagen.

Glaser hatte nichts vergessen.

»Brülle, wie der Löwe brüllt, wenn das Glas nicht vollgefüllt!«

Dieser Reim hing bei einem Leipziger Kneipier über der Theke, und er bewies auf diese Weise seine Solidarität mit den durstigen Kehlen seiner Gäste.

»Und dann ziehn morr midd Gesang in das nächsde Resdorang!«

Schließlich war die Auswahl im alten Leipzig unglaublich groß!

Alfred Glaser hätte nie freiwillig Leipzig verlassen. Viel zu sehr hing er an seiner Geburtsstadt. Aber eines Tages war über einer Leipziger Theke dieser Spruch zu lesen:

»Das Rückenkrümmen, Hüte schwenken,
woll'n wir als Brauch den Gecken schenken!
›Heil Hitler!‹ nur und anders nicht,
das sei uns deutsche Ehrenpflicht!«

Nun wurde es für ihn höchste Zeit zu gehen.

129

Ein polnischer Tscheche
in Deutschland

Im Osten Deutschlands ist er kaum bekannt. Das hat politische Gründe, denn Gabriel Laub verließ Prag 1968, gleich nach dem Einmarsch der Sowjetarmee.

In der DDR erschien nie ein Buch von ihm. 1969 kam von Laub ein Band Aphorismen bei Hanser heraus: »Verärgerte Logik« – so definiert er Satire. Freunde aus Westdeutschland hatten mir das gelbe Bändchen geschenkt. Ich war begeistert. Seine Sinnsprüche erinnerten mich an den großen Stanisław Jercy Lec. Sehr viel später erfuhr ich, daß Laub den auch von ihm verehrten Lec ins Tschechische übersetzt hatte. Wer konnte das besser? Schließlich stammte er wie Lec aus Polen! Die Aphorismen von Gabriel Laub übersetzte wiederum einer ins Deutsche, der selbst über den entsprechenden Witz verfügte: der Wiener Schriftsteller Friedrich Torberg. In der »Verärgerten Logik« war schnell zu erkennen, daß hier einer neben den existenziellen Problemen des Menschen, vor allem auch die des realen Sozialismus verarbeitete: »Noch nie in der Geschichte wurde die Satire verfolgt. Verfolgt wurde immer nur die in ihr enthaltene Wahrheit.«

Laub sagt: »Man schätzt den Aphorismus unter anderem deshalb, weil er eine halbe Wahrheit enthält. Das ist ein ungewöhnlich hoher Prozentsatz.«

Und er hat in Jahrzehnten eine Menge gut formulierter »halber Wahrheiten« verbreitet.

»Alle Macht geht vom Volke aus und kommt nie wieder zurück.«

Beim Wiederlesen entdecke ich oft Sätze, die ich damals, im Jahr 1969, für typisch DDR hielt und von denen ich inzwischen feststelle, daß sie auch in der Demokratie aktuell sind: »Setzt sie nur in die erste Reihe – sie werden jedem und allem applaudieren.«

Schnell hatte der Satiriker Gabriel Laub die andere Gesellschaft durchschaut: »In einem totalitären Regime kommen die Idioten durch Gewalt und Intrigen ans Ruder, in einer Demokratie durch freie Wahlen.«

Laub wurde in Polen als Sohn eines jüdischen Kaufmanns geboren. Der Verfolgung durch die Nazis entzog sich die Familie durch die Flucht in die Sowjetunion. Sechzehn Monate verbrachten sie in der Verbannung im Ural, später lebte die Familie Laub in Samarkand. Nachdem ihre Heimat befreit war, kehrten sie wieder nach Polen zurück. 1946 ging Gabriel Laub von Krakau zum Studium an die journalistische Fakultät der Hochschule für Politik und Sozialwissenschaften nach Prag. Danach arbeitete er hauptsächlich als Feuilletonist, Übersetzer und Satiriker.

Obwohl, wie Laub sagt, überall in der Welt nach der Zeilenzahl bezahlt wird, kann er es nicht lassen, Aphorismen zu schreiben. Mit ihm lebt mitten in Deutschland jüdischer Witz weiter. Mir gefällt er besser als Kishon. Es steckt mehr Doppelbödigkeit dahinter, mehr philosophische Betrachtung. Darum erreichen seine Bücher auch nicht die riesigen Auflagen wie die eines Kishon. Marcel Reich-Ranicki stufte ihn als »Kishon für Intellektuelle« ein.

Na gut, von MRR nehm ich das Kompliment an.

1969 las ich in der »Verärgerten Logik«: »Es wird Zeit, die Institution Ehe abzuschaffen. Alle Witze darüber sind schon gemacht.« Ich heiratete trotzdem in jenem Jahr. Unsere Silberhochzeitsreise führte uns 1994 nach Hamburg. Als kulturbeflissene Bürger, so dachte ich, müssen auch wir dort »Cats« gesehen haben! Im Café Keese auf der Reeperbahn habe ich anschließend seit langer Zeit wieder mit meiner Frau getanzt. Anläßlich.

Die Preise in der Speisen- und Getränkekarte erheiterten uns. Muß man einmal erlebt haben! Aber einmal reicht wirklich. Ich bat meine Frau, den Raum nicht zu verlassen, da stark geschminkte Damen sofort auf die Tische einsamer Herren losstürzten. Wir blieben deshalb nicht lange in dem Etablissement.

Am nächsten Abend hatte uns eine frühere Leipzigerin, die ich durch meine Recherchen zur Geschichte jüdischer Familien kannte, zum Essen eingeladen. Anni G. sagte am Telefon: »Mein Cousin kommt auch.« Der Cousin war Gabriel Laub.

So haben wir uns mit fünfundzwanzig Jahren Verspätung kennengelernt.

Ein paar Monate später stand ich mit ihm auf der Kleinkunstbühne »Boccaccio« in meiner Straße in Leipzig und die Zuschauer waren von seinem Vortragsstil begeistert. Ohne große Mimik, aber unglaublich effektvoll im Setzen der Pointen. Während er aus seinen Büchern las, rauchte er eine Schachtel Zigaretten. Ein Meister der Pausen. Und die richtige Pause ist bekanntlich das beste Sprungbrett für die Pointe. Dabei setzt er auch sein Rauchen ein.

»Zukunft ist die Zeit, in der man die ganze Vergangenheit kennen wird. Solange man die Vergangenheit nur teilweise kennt, ...« Ein Zug an seiner Zigarette, und mit der Glut glimmt die Vorbereitung auf die Pointe: »... lebt man in der Gegenwart!«

Laub ist also ein polnischer Tscheche in Deutschland, der sich hier sehr wohl fühlt. Man hört seinem Deutsch an, daß er lange im Schwejk'schen Land gelebt hat. Und so schwingt auch noch ein Hauch längst untergegangenes Österreich-Ungarn in seinen Sätzen. Er ist einer der letzten jüdischen Schriftsteller, die aus dieser Gegend stammen, die ein Leben lang in deutsch dachten und schrieben und Weltliteratur hinterließen. Und die auf unnachahmliche Weise Witze erzählten. Gabriel Laub kann das natürlich auch!

Zwei Juden unterhalten sich. Sagt der eine: »Kennen Sie Silberstein?«

»Silberstein ... Silberstein ... nein, tut mir leid!«

»Und den Goldberg?«

»Goldberg? ... Nein ... dann schon eher den Silberstein.«

Die Rote Armee, sagt er, habe ihn einmal befreit und einmal verjagt. So verrückt kann das Leben sein.

Gabriel Laub starb am 3. 2. 1998.

Hamburger Impression

Die junge Frau auf unserer Stadtrundfahrt war sympathisch und erzählte mit angenehmer Stimme über die Hamburger Geschichte und das Leben in der Hafenstadt. Nicht in einem monotonen Singsang, der sich sonst bei langjährigen Stadtführern einstellt, sondern frisch und lebhaft. Vielleicht lag das daran, daß sie nur zweimal in der Woche dieser Arbeit nachging und sich sonst zu Hause ihren Kindern widmete.

Sie erzählte auch nicht unkritisch über ihre Stadt und die Entwicklung in den letzten Jahrzehnten. Am Dammtorbahnhof verwies sie darauf, daß die Moorweide der Sammelpunkt für die Hamburger Juden war, die von dort in die Vernichtungslager transportiert wurden.

Als ich in meinem Stadtführer darüber Genaueres nachlesen wollte, fand ich unter dem Begriff Moorweide:

»Aufmarschgelände für Demonstrationen. Ansonsten Trainingsgrund für Kneipenfußballer, Frisbeespieler und Hunde auf Kaninchenjagd.«

Kein Wort über die Geschichte dieses Platzes in der Nazizeit. Fakten aus den Jahrhunderten vorher fand ich jede Menge und dann plötzlich diese Lücke …

Beim Halt am »Michel« fragte ich die freundliche Stadtführerin, wo denn die Hamburger Synagoge (es gab natürlich garantiert mehrere) gestanden hätte, die doch bestimmt 1938 während des Pogroms auch niedergebrannt war. Sie überlegte lange. Es gebe vermutlich einen Gedenkstein, meinte ich. Nun wurde ihr die Situation sichtbar peinlich, aber sie wußte es nicht. Wo denn heute eine Synagoge stehe, wollte ich noch wissen. Auch das konnte sie mir nicht sagen. Ich blätterte in meinem Stadtführer, das Wort Synagoge tauchte dort gar nicht auf. Ich erfuhr über die Nazizeit: »Zwischen 1943 und 1945 wurden fünfzig Prozent aller Wohnungen und achtzig Prozent der Hafenanlagen zerbombt, fanden fünfundfünfzigtausend Menschen den Tod.«

Das sind gewiß schreckliche Fakten, aber wieviele jüdische Menschen aus Hamburg wurden umgebracht? Auch das waren Deutsche.

Ich erfuhr von unserer Stadtführerin, daß in Hamburg zweitausend Prostituierte registriert sind, jedoch nicht, wo die Synagoge stand.

Erinnerung

Während eines Gastspiels in Köln wollte ich den Juden-
friedhof besuchen. Es war ein heißer Tag, und ich hatte
keinen Stadtplan dabei, wußte nur die ungefähre Richtung. Einige Kölner, die ich fragte, konnten mir nicht
helfen. Einer schickte mich zum Rest eines alten christlichen Friedhofs. Fünf biertrinkende Männer, die dort
im Schatten eines Baumes saßen, meinten auf meine
Frage, der wäre hier. »Nein«, sagte ich »das ist ein alter
christlicher Friedhof«, und zeigte auf ein Kreuz. »Klar«,
sagte ein stoppelbärtiger Typ im verwaschenen T-Shirt,
»Juden haben doch kein Kreuz! Die haben ...« und er
malte einen Kreis in die Luft – was immer er damit
meinte.

Dann sprach ich einen Mann an, der, nach seiner Aus-
sprache zu urteilen, kein Deutscher von Geburt war und
der mir die Richtung weisen konnte. Schließlich las ich
ein Schild: »Judenkirchhofsweg«.

Der Friedhof war (im Jahr 1992) in teilweise desola-
tem Zustand. Umgefallene (oder umgestoßene?) Grab-
steine, zerbrochene Grabplatten. Manche Schäden
stammten noch aus der Nazizeit – z. B. fehlten alle Me-
tallbuchstaben, weil alles Metall für Kriegszwecke einge-
schmolzen worden war. An manchen Steinen klebte ein
gelber Zettel, der auf die Unfallgefahr aufmerksam
machte und darauf verwies, daß dieser Stein alsbald zu
richten sei.

Kein Mensch war zu sehen. Ich war mutterseelen-
allein.

Trotzdem hielt ich mich an die Regeln. Da ich keine Kipa einstecken hatte, knüpfte ich in mein Taschentuch vier Knoten und setzte mir dieses als Kopfbedeckung auf.

Plötzlich erschrak ich, denn ein schwarzer Hund stand hechelnd vor mir. Ich habe nichts gegen Hunde, auch nichts gegen schwarze, aber wenn kein Mensch zu sehen ist, der zu ihm gehört, dann kann man nur hoffen, daß dies ein freundlicher Hund ist. Es war, wie gesagt, sehr warm, und er stand mit heraushängender Zunge im Laub.

Nachdem er mich eine Weile angesehen hatte, stürmte er wieder davon und sauste aufgeregt im Zickzack zwischen den Grabsteinen hindurch, als würde er etwas suchen.

Kurze Zeit danach schreckte vor mir ein kleines Kaninchen hoch und jagte ebenfalls im Zickzackkurs über die trockenen Blätter des jüdischen Friedhofs. Nun wußte ich, wem der schwarze Hund auf der Spur war. Schon tauchte er wieder auf, und die wilde Jagd über den stillen Ort ging weiter. Aus einiger Entfernung sah ich die beiden zweimal, konnte nichts für das Kaninchen tun außer zu hoffen, daß es dem Hund entwischen würde.

Toleranz

In einem Münchner Antiquitätengeschäft saß ein blasser, unfreundlich dreinblickender älterer Mann in einem Sessel. Der Laden firmierte als Spezialangebot für »Militaria«. In der Hauptsache handelte es sich allerdings um alle möglichen Nazi-Erinnerungen. Von silbernen SS-Runen nebst Totenkopf über Hakenkreuzarmbinden und Dolchen bis zu Kaffeetassen aus einer NSDAP-Schule. Und selbstverständlich war das Hakenkreuz, wie es vorgeschrieben ist, mit einem roten Aufkleber säuberlich verdeckt.

An einer Wand fand ich zu meinem Erstaunen einen gerahmten Druck aus einem jüdischen Gebetbuch.

Als ich gegenüber dem griesgrämigen Nazi-Nostalgiker meine Verwunderung zum Ausdruck brachte, daß ausgerechnet in *diesem* Laden so etwas zum Angebot gehört, meinte er: »Mir san's doch keine Rassisten!«

Zwischen allen Stühlen

Der Vater eines Freundes war vor vielen Jahren im iranischen Untergrund an einer Verschwörung gegen den Schah beteiligt und mußte deshalb seine Heimat verlassen. Er ging nach Ungarn, verließ dieses Land wiederum während der Wirren des Volksaufstandes von 1956 und kam in die DDR. In Leipzig lernte er die Mutter meines Freundes kennen. Sie heirateten. Seine Großmutter mütterlicherseits war eine deutsche Jüdin, die Theresienstadt überlebt hatte.

Somit ist mein Freund der Sohn eines moslemischen Vaters und einer jüdischen Mutter. Nach dem jüdischen Gesetz ist er Jude. Schon im Kindergarten ließen die Kinder ihn wegen seines Äußeren spüren, daß er nicht zu ihnen gehörte, daß er ein »Mischling« sei. Mit acht Jahren hatte er in der Schule im Streit ein Kind angespuckt. Deshalb sollte er auf Geheiß einer Lehrerin ein Schild um den Hals tragen: »Vorsicht! Lama spuckt!« Seine Großmutter war außer sich. Er verstand nicht, warum, denn schließlich hatte er etwas Schlechtes getan.

Als Oberschüler wurde er kurz vor dem Abitur auf einer Klassenfahrt von einigen Mitschülern geschlagen und als »Judensau« beschimpft. Er trug damals den Davidstern um den Hals. Nur ein Junge aus seiner Klasse stand ihm bei. Seine Mutter konnte diese Geschichte kaum verkraften.

Mein Freund war auf der Suche nach einem Halt, einer Zugehörigkeit. Er sprach bei der Israelitischen Religionsgemeinde vor. Dort begegnete man ihm mit Mißtrauen, da man den Namen seiner Großmutter nicht auf den Deportationslisten fand. Er hatte das Gefühl, man verdächtige ihn, ein Spitzel zu sein. Schließlich fand er die Namen seiner Großmutter und seines Urgroßvaters im Theresienstadt-Archiv der Prager Jüdischen Gemeinde.

Ich traf ihn nach dem 9. 11. 1989 auf dem Karl-Marx-Platz völlig verstört. »Deutschland, einig Vaterland« riefen junge Leute wie eine Drohung und posierten mit einer schwarz-rot-goldenen Fahne, die sie mit Fackeln eskortierten. Im gleichen Herbst sah er mehrere Neonazis »Heil Hitler!« brüllen. Er sprach zwei DDR-Polizisten an und fragte, was sie dagegen zu tun gedenken. Sie lächelten und sagten: »Nichts.«

In dem Krankenhaus, in dem er arbeitet, sagte ihm einer seiner Patienten voller Stolz, daß er Mitglied der Waffen-SS gewesen wäre und daß man sich nun endlich wieder offen treffen könne, denn die Zeiten hätten sich ja Gott sei Dank geändert.

Im Zentrum von Leipzig kam er eines Tages dazu, wie etwa dreißig Neonazis am späten Abend willkürlich auf Passanten einschlugen. Er war außer sich vor Wut und stieß einen Jugendlichen zurück, der in blindem Haß einen etwa vierzigjährigen Mann verprügelte, der zufällig durch die Universitätsstraße lief. Er rief die Polizei an, das Revier in der Ritterstraße war wenige hundert Meter entfernt. Es kamen aber keine Polizisten. Man schrieb das Jahr 1992. Einmal fuhr er mit einem Freund nach Köln. In einer Altstadtkneipe wurde er von einer hübschen blonden Frau als »Türke« bezeichnet, der endlich aus Deutschland verschwinden solle. Sie schrie ihn böse und wütend an. Er sagte nichts.

Vor nicht allzulanger Zeit kam seine kleine Tochter vom Hof in die Wohnung und sagte: »Du, Papi, meine Freundin hat gesagt, daß ihr Papi gesagt hat, daß du eine

140

›alte Judensau‹ bist. Papi, was ist eigentlich eine ›alte Judensau‹?« Wie sollte er diese Frage beantworten? Er wußte es nicht. Manchmal, wenn jener »Papi« betrunken ist, hebt er auch den rechten Arm. Woher dieser Mann weiß, daß er Jude ist, kann er sich nicht erklären.

Die neue Höflichkeit

Mein Kollege Franz Hohler sang vor Jahren im Leipziger »academixer«-Keller ein schönes Lied, in dem es heißt: »Sie sind alle so nett, sie sind alle so nett!« An dieses Lied muß ich denken, wenn ich jetzt unentwegt einen »Schönen Tag« gewünscht bekomme!

Nichts gegen einen schönen Tag, aber die Floskel hat sich längst verselbständigt. Gedankenlos krieg ich sie als zum Geschäft gehörenden freundlichen Verpackungsmüll nachgeworfen.

Ganz gleich, ob ich Zahnschmerzen habe oder es draußen in Strömen regnet: Ich krieg mit Gewalt einen »Schönen Tag« gewünscht!

Nachts um ein Uhr (!) verabschiedet mich der drahtige Taxifahrer: »Einen schönen Tag noch!«

Ja, was denkt der denn, was ich nachts um eins mit dreiundfünfzig Jahren noch veranstalte!?

Um diese Zeit, und das sage ich jetzt allen zwanghaft höflichen Menschen, die mir künftighin einen schönen Tag wünschen wollen, da hau ich mich in meinen Kahn, und freue mich, wenn ich tief und fest schlafen kann. Alles klar!!!?

Gut … also dann – schönen Tag noch!

Die neue Zeit

Kürzlich rief ich beim Finanzamt an, weil ich im Brief dieser geliebten Einrichtung einen Fehler entdeckt hatte. Die sehr freundliche Mitarbeiterin klärte mich auf:

»Was maschinell rausgeht – darauf haben wir keinen Einfluß!«

Da denkt man, in der Demokratie kann jeder auf alles Einfluß nehmen! Pustekuchen!

In dieser wichtigen Institution passieren geheimnisvolle Dinge (vermutlich von Robotern der ersten Generation ausgeführt), die die Damen und Herren nicht im entferntesten ahnen.

Folglich habe ich meine Kritik an der falschen Adresse entladen!

Also, wenn Sie ähnliche Post erhalten: Nehmen Sie die bizarren Ziffern und Zeichen nicht ernst – es kann durchaus sein, daß alles gar nicht so gemeint ist, wie es gemeint ist – weil Ihr Brief »maschinell rausgeht«.

Der Beweis

Wenn man manchmal die unterschiedlichen Experten-
meinungen zu bestimmten Problemen betrachtet, kommt
man in Versuchung, längst bewiesene Dinge zu bezwei-
feln.

Zum Beispiel: die Erde.

Ist sie wirklich eine Kugel, und dreht sie sich?

Die Kette an meinem Spülkasten im WC hängt stets
schnurgerade und wackelt kein bißchen. Und trotzdem
soll sich die Erde drehen!?

In so einer Situation lasse ich mir meine Beobachtun-
gen gern von einfachen Menschen bestätigen. So sagte
mir ein Bauer zu diesem Thema: »Im Frühjahr, wenn ich
zum ersten Mal aufs Feld gehe, muß ich jedes Jahr wieder Steine vom Feld räumen. Jedes Jahr. Und das ist für
mich der Beweis, daß die Erde eine Kugel ist und sich
dreht, weil: Als das Feld nach unten hing, sind die Steine
durch ihr Gewicht rausgerutscht!«

Sehen Sie, so einfach kann das sein.

Baufreiheit

Die Kräne in Leipzig! Ein Wahnsinn! Wo man hinguckt – Kräne! Was hier gebaut wird! »Boomtown Leipzig!« liest man in der Zeitung; weil zu einer Weltstadt auch eine Weltsprache gehört, sagen wir's in Englisch. Fremde könnten womöglich argwöhnen, wir seien nicht up to date.

Zwei große Vorteile hatte Leipzig während der letzten fünfzig Jahre:

1. Daß die Amerikaner im Juni '45 die Stadt wieder verließen, denn sonst ähnelte unsere Innenstadt der Frankfurt am Mains. Hinter dem Alten Rathaus: Bankhochhäuser!

2. Daß die DDR nicht genug Geld und Kapazitäten besaß, um das Zentrum mit sozialistischen Bauten total zu verschandeln.

Allerdings, Chancen zum Verschandeln gibt es natürlich auch heute!

Der OBM hat mir gesagt, die Stadt könne bei Neubauten nur auf die »Traufhöhe« Einfluß nehmen – also, ob auf die Höhe noch was »trauf darf oder nich«! Darüber hinaus kann der Eigentümer machen, was er will. Auch, wenn er ein ganz eigentümlicher Mensch ist! Und wenn er keinen Geschmack hat, sieht man das eben an den Fassaden! Dazu muß er nicht »keinen Geschmack« haben. Es reicht schon, wenn er kein Geld hat. Oder welches sparen will. Wie zum Beispiel bei den Fassaden am Brühl – erbaut im sogenannten Banalstil.

Aber das Schönste ist die Rekonstruktion mancher

Altbauten innerhalb des Rings. So leb denn wohl, du altes Haus, wir ziehn betrübt von dannen! Warum? Na, weil als erstes das Haus – richtig! – »entkernt« wird!!! Und wenn der Kern fehlt, bleibt logischerweise nur die Schale! Wie's drinnen aussieht, geht niemanden was an! Die Seele des Hauses wird zerstört. Zum Beispiel die vom Zentral-Messepalast am Neumarkt. Warum mußte das Haus weg? In der Leipziger Volkszeitung stand das Todesurteil des Fachmannes schwarz auf weiß: »Weil die Räume unterschiedliche Höhen hatten.«

Räume mit unterschiedlichen Höhen müssen mit Stumpf und Stiel ausgerottet werden!!!

Was die Fliegerbomben des Zweiten Weltkrieges nicht schafften, das schafft die Sprengkraft der D-Mark. Fassaden in Specks Hof, in Barthels Hof, im Klinger-Haus – die Renovierer machen dem Denkmalsschutz schon klar, daß es sich bei einer Erhaltung des Bauwerkes um einen »unzumutbaren Aufwand« handelt.

Im Rathaus geht täglich die Angst um, ein Investor könnte »abspringen«. Also: springt man ihm entgegen. Was der Investor beim Arbeitsessen als erstes serviert bekommt, ist – ein Bückling!

Und so haben die Herren Investoren in ganz Leipzig schnell gekaufte Areale mit Allerweltssachen zugebaut – architektonische Fast-food-Produkte. Hochbunker.

Auf diese Weise konnten einige Architekten aus den alten Ländern wenigstens mal ihre Schubkästen aufräumen: Kreissparkasse Gütersloh, dritte Nachempfindung.

Wissen Sie übrigens, wie viele der Leute wohnen, die unsere Stadt aufbauen? Teilweise in Containerlagern mit neun Betten pro Container, drei übereinander. Schwarz- und Weißarbeiter.

Die Bauleiter und Arbeiter werden vom Termindruck

durch die Tage gehetzt. Da und dort stürzt auch mal einer im Eifer des Gefechts ab. Und wofür die ganze Hetzerei?

Damit der Bau anschließend ... leer steht.

Durch solche »bedarfsgerechte Planung«, schätzen Experten, werden im Jahr 2000 in Leipzig etwa eine Million Quadratmeter Bürofläche nicht belegt sein. Was lehrt uns das? Hier sind Büromanen am Werk!

Oder nehmen wir eine andere schöne Geschichte: die vom Bildermuseum. Das Reichsgericht wäre weiterhin ein gutes Haus dafür. Dem nach Leipzig kommenden Verwaltungsgericht könnte man irgendwo einen sachlichen Zweckbau hinsetzen. Warum plant man den nicht? Ganz einfach: Weil das Geld sparen würde!

So wird für Millionen das ehemalige Reichsgericht saniert, für Millionen eine Übergangslösung für das Bildermuseum hergerichtet und schließlich für viele Millionen ein neues Museum gebaut!

Seid verschlungen, Millionen!

Um noch einmal auf die Banalfassaden vom Anfang zurückzukommen. Im alten Leipzig hatten die Bauherren eine Art Ehre im Leib. Sie wollten sich mit dem Bau ein Denkmal setzen und zum Ruhme der Messestadt beitragen. Aber heute bauen bekanntlich keine Leipziger. Was interessiert denn einen Investor aus München oder Göttingen unsere Innenstadt! So ein Platzhirsch will im Asphaltdschungel lediglich ein bestimmtes Areal besetzen.

Die Leute wollen Abschreibungsobjekte.

Die haben Leipzig schon längst abgeschrieben.

(1997)

Es ging nicht immer seinen Gang

Jedes kritische Buch, das in der DDR erschien, war ein Stück Hoffnung. »Es geht seinen Gang« von Erich Loest gehörte zu diesen. Vielleicht ändert sich doch etwas im Land, dachte ich, als ich den Roman gelesen hatte.

Aber nicht allen gefiel, was »da drin stand«. Loest wurde angefeindet: vom NVA-Offizier wie von der FDJ-Sekretärin. Auch bei Lesungen spürte er es. Und das war wohl der Anfang vom Ende seines Lebens in der DDR. Hier wollte er nicht mehr bleiben. Zu viele bekannte Gesichter aus der Stalinzeit sah er an den wichtigsten Stellen wieder.

Damals wußte ich natürlich noch nicht, was im »Informationsbericht vom 27. 1. '81 / Objekt ›Autor‹« von mir vermerkt war, als Gunter Böhnke und ich das Ehepaar Loest besucht hatten. Eine Wanze zeichnete auf: »Lange möchte aber gern wissen, was L. wirklich noch mit diesem Land hier verbindet. Er nimmt an, daß L. nicht gern darüber redet. Aber nach dem, was L. alles hinter sich hat, das ist ja nicht wenig, und mit allem, worin sie beide auch unterschiedlicher Meinung sind, wäre für ihn verständlich, daß L. nicht mehr hier bleiben will.«

Loest schrieb mir 1978 als Widmung in »Es geht seinen Gang« einen Satz aus diesem Buch: »Die jetzt oben sind, werden auch mal alt.«

Aber *wie* alt die wurden! Und wie alt sie dann im Herbst '89 aussahen!

In einem Piratenakt tauchte Erich Loest 1988 besuchsweise in Leipzig auf. Ich zeigte gerade Gästen die Ausstellung »Juden in Leipzig«, die zum fünfzigsten Jahrestag des Novemberpogroms eröffnet worden war – die erste Schau zu diesem Thema in der Messestadt. Ein Mann kam die Treppe hoch, und ich dachte, Mensch, sieht der aber dem Loest ähnlich – und er war's wirklich!

Zum letzten Mal hatten wir uns vor Jahren am Roßplatz kurz vor seiner Ausreise gesehen. Nun war er auf abenteuerliche Weise mit einer Reisegruppe nach Leipzig gefahren, mit einem an der Grenze ausgestellten Behelfsvisum ohne Paßbild! Mitten in die DDR!!! Unglaublich! Oder besser: »Wahnsinn!«, wie man hier sagte. Es ging eben im Land schon nicht mehr alles seinen Gang ...

So war ich der erste ihm bekannte Leipziger, der seinen Weg kreuzte. Ich lud ihn ins Kabarett ein. Nach der Vorstellung saßen wir zusammen mit Gunter Böhnke etwas abseits an einem Tisch in der »academixer«-Kneipe und sprachen über Gott und die Welt – also über unsere kleine DDR. Schräg gegenüber nahmen zwei fröhliche Pärchen Platz, die immer mal zu unserem Tisch herübersahen und zufällig zusammen mit uns aufbrachen ...

Loest schrieb über den Blitzbesuch in der alten Heimat in seiner gewohnt kritischen und deftigen Art. Mein Kollege und ich waren leicht beunruhigt, daß er auch ungeniert Sätze aus unserem Gespräch verwendete. Denn: wir blieben zurück und hatten das Gefühl – es könnte ja sein, daß wir dadurch Probleme bekämen, wenn ... aber wir bekamen keine, obwohl uns ein Funktionär der Bezirksleitung »freundschaftlich« geraten hatte, nicht mit Loest zu reden, denn der würde von beiden Geheimdiensten beschattet und könne uns auch nicht helfen, wenn wir dadurch in Schwierigkeiten gerieten.

Wenn Loest geahnt hätte, was ein Jahr später in seinem Leipzig begann – er wäre mit Sicherheit nicht in die Bundesrepublik zurückgekehrt! Außerdem besaß er noch den Paß der DDR! Dann hätte er sich die mühseligen

Recherchen sparen können und die »Nikolaikirche« aus erster Hand geschrieben.

Ich glaube, daß Loest trotz seines Weggangs immer Leipziger geblieben ist. Auch wenn er nach und nach die Rheinweine und noch bessere Tropfen kennenlernte. Diese Stadt ist sein Schicksal. Und in diesem Kontext schrieb er auch sein – für mich – interessantestes Buch: das »Völkerschlachtdenkmal«. Er begann damit noch in Leipzig und hat sich aus meiner Sammlung Bücher und Zeitschriften aus der Zeit des Baus und der Einweihung geliehen. Der Roman wurde ein großer Erfolg wie auch »Durch die Erde ein Riss«, seine beeindruckende Autobiographie. Eine Rezensentin schrieb nach dem Erscheinen, Erich Loest repräsentiere »zugleich das ostdeutsche Sonderschicksal und die allgemeine deutsche Kontinuität«.

Verrückt ist: Loest, so scheint es, hat für sein Werk die DDR gebraucht. Jetzt, wo es sie nicht mehr gibt, will er angeblich das Bücherschreiben einstellen. Sein Gegner ist gestorben, der Feind, der ihn für Jahre ins Gefängnis brachte, ihm so viel Lebenszeit raubte. In einer beizeiten reformierten DDR wäre er vielleicht Kulturminister oder Vorsitzender des Schriftstellerverbandes geworden – letzteres war er nun im neuen Deutschland. Zu einer Zeit, da andere im Schaukelstuhl saßen, reiste er durchs Land. Als wir uns nach der Wende zum erstenmal im »academixer«-Keller am Stammtisch trafen, sagte er; »Na, hammer gewonn!« Loest hatte aus der Ferne mitgewonnen.

Ich stelle mir vor, wie er vor dem Fernseher saß und die nicht faßbaren Bilder aus seiner Heimatstadt sah. Und ich glaube, er hat zutiefst bedauert, daß er in jenen historischen Tagen am Rhein saß und nicht an der Pleiße über den Ring lief.

Aber es geht eben im Leben nicht immer seinen Gang …

Die erste Reihe

Die erste Reihe im Kabarett ist etwas Besonderes.

Ich stehe mit meinem Kollegen und Freund Gunter Böhnke über dreißig Jahre auf der Brettlbühne und kann mir, denke ich, ein Urteil über jene Besucher, die da ganz vorn sitzen, erlauben!

Wenn mir zum Beispiel in der Kabarettkneipe vor der Vorstellung eine Frau im kürzesten Minirock Mitteleuropas aufgefallen ist, mit unbeschreiblich schönen und unendlich langen Beinen: sie sitzt hundertprozentig in der ersten Reihe!

Warum?

Keiner kann es erklären. Nicht mal wissenschaftlich.

Und meistens versucht die Schöne, den gürtelähnlichen Rock bis ins erste Viertel ihrer schlanken Schenkel zu ziehen, da sie vermutlich einen Blick von uns auffing und ahnt, daß sie im Laufe des Abends zu Irritationen Anlaß geben könnte.

Wir auf der Bühne fragen uns dann zwischen zwei Szenen meist völlig überflüssigerweise »Hast du die links gesehen?«. Natürlich haben wir sie gesehen! Ein Blickfang fängt nun einmal Blicke! Die gleiche stereotype Frage kommt in der Pause von unseren Musikern, die viel mehr Muße haben, den heißen Anblick unverfroren zu genießen.

Das schuldbewußte Ziehen am Saum ist von vornherein ein sinnloses Unterfangen. Der Rock wird auch nicht länger, wenn sie es mehrmals versucht – und unschuldiger schon gar nicht.

Wir aber müssen lange Texte abliefern, die totale Konzentration verlangen und einsichtsvolle Mitbürger zu der berühmten Frage inspirieren: »Sagen Sie mal, Herr Lange, wie können Sie sich denn das alles merken!?«

Was weiß ich, warum ich mir das alles merken kann?

Es gibt aber auch gewissenlose Frauenzimmer, die nicht einmal den Versuch des Verdeckens unternehmen, denen sind unsere durch gürtelähnliche Röcke eventuell hervorgerufenen Textstörungen schnurzpeepshowegal!

Die Steigerung sind Frauen in Miniröcken, denen entfallen ist, daß sie zu Hause einen Rock anzogen ... Sie sitzen dann in der ersten Reihe so, als hätten sie lange Hosen an! Und bei langen Hosen können die Beine bekanntlich durchaus locker auseinander fallen!

Es passierte auch schon, daß so ein Teufelsweib plötzlich ein Bein über das daneben liegende ihres Freundes schlenkerte!

Hätten Sie jemals gedacht, daß wir mitunter gezwungen sind, im Angesicht von Spitzenwäsche über die Bedrohung unserer Erde zu philosophieren? Sie denken manchmal, was wir für einen tollen Beruf haben, die Leute kommen und lachen und klatschen, aber welche Energie wir aufbringen müssen, um hart an der Sache zu bleiben – davon haben Sie sich in unserer Vorstellung noch keine Vorstellung gemacht!

Eine andere Beobachtung: Männer vergessen mitunter total, daß sie sich mit ihrer Herzallerliebsten nicht zu Hause auf der Polstergarnitur vorm Fernseher, sondern in der ersten Reihe eines Kabaretts befinden. Und plötzlich sehen wir mitten in einer Szene über die Gefühlskälte mancher Mitbewohner unseres Landes, wie die Hand des Mannes den zarten, leicht gebräunten Arm seiner Nachbarin hinaufwandert und ins Ärmelloch der dünnen, weit ausgeschnittenen Bluse schlüpft.

152

Einige Pärchen in der ersten Reihe verkraften unser Programm nur händchenhaltend. Ob das Menschen sind, die ständigen Zuspruch benötigen, taufrisch verliebt sind oder gar überhaupt nicht zusammengehören und deshalb über ein besonderes Zusammengehörigkeitsgefühl verfügen – das werden wir nie erfahren. Vielleicht ist einer der beiden auch ein etwas schlichterer Typ, und der jeweils andere macht bei Pointen mit leisem Druck die Hand darauf aufmerksam, daß jetzt eine gewisse Reaktion angebracht wäre.

Das Dumme ist nur, solche gefühlsintensiven Menschen gehen einem glatt als Beifallsspender verloren! Und sie sitzen garantiert in einer Vorstellung, in der man auf jede Hand angewiesen ist! Deren Hände aber kleben den ganzen Abend zusammen, als hätte man darin eine Familientube UHU ausgedrückt. Mit etwas gutem Willen und einer schwungvollen Bewegung könnten sie natürlich mit der jeweils freien Hand zusammen wenigstens einen klatschenden Menschen ergeben. Aber das habe ich noch nie erlebt!

Ich habe auch noch nie jemand in der zweiten Reihe händchenhaltend sitzen sehen! Nur in der ersten!

Es gibt eine Art von Menschen, die nur in der ersten Reihe sitzen wollen. Sonst gehen die nicht ins Kabarett! Das betrifft nicht etwa nur Schwerhörige und Sehschwache, die aus natürlichen Gründen gern diese Plätze einnehmen. Nein, das sind Menschen, die können einfach nicht nah genug am Geschehen sein! Sie wollen Schweißperlen rinnen sehen!

Außerdem: Die erste Reihe stellt schließlich was dar! Das sieht man doch im Fernsehen, die erste Garnitur sitzt bei Veranstaltungen prinzipiell in der ersten Reihe. Also der Kohl, der Blüm, der Waigel ... wie kam ich eigentlich jetzt auf erste Garnitur ...?

Und: Nirgendwo wird so viel Kaugummi gekaut wie in der ersten Reihe! Nicht nur vornehm mit geschlossenem Mund. Wenn Sie mich fragen: Amalgam ist in deutschen Mündern noch sehr verbreitet!

Gar nicht glücklich sind wir, wenn zum Beispiel der Kartensatz für die erste Reihe komplett ... sagen wir mal ... von Pharmavertretern aus Schleswig-Holstein oder von einer Fußballmannschaft erworben wurde. Nicht nur, weil die Vertreter immer mal zu ihrem Chef schielen, wie er denn so auf das Gesagte reagiert, und die Fußballer alle die Hände halten, als wäre von der Bühne ein Strafstoß zu erwarten. Nein, solche Kollektive sind atmosphärische Hemmer. Dann gerät mitunter die erste Reihe zum Eisblock. Solche Leute schaffen eine Barriere, die die Besucher der folgenden Reihen spüren und die sich als Stimmungstöter erweist.

Wie überall gilt auch für die erste Reihe im Kabarett die alte Weisheit: die Mischung machts!

Am schlimmsten ist, wenn irgendwo bei einem Gastspiel die erste Reihe ganz leer bleibt, weil Besucher Bedenken haben, daß sie vielleicht von den Kabarettisten zu toll angespielt oder gar etwas gefragt werden. Es gibt Menschen, die sofort einen Punkt im abgenützten Fußboden anvisieren, wenn man sich der ersten Reihe nähert.

Um auf die einsamen Plätze zurückzukommen: Über eine leere Reihe zu spielen, ist ganz schwer. Das ist so, als wollten sie mit Worten eine Eskaladierwand überwinden.

Also tun Sie uns einen Gefallen, wo immer Sie wohnen. Seien Sie kühn, mutig, tapfer, kurz: ein Held – und nehmen Sie Platz in der ersten Reihe!

Menschen an der Pleiße

Als erster Eintrag steht im Leipziger Telefonbuch ein Betrieb, der Alarmanlagen anbietet, und als letzten finden Sie eine Immobilienfirma. Ein schöner Rahmen. Diese beiden Geschäftszweige blühten in den letzten Jahren am meisten, und die damit verbundenen Themen beschäftigen die Leipziger besonders in diesen Tagen.

In der DDR war Leipzig die »heimliche Hauptstadt«. In der Bundesrepublik Deutschland ist das Feld der Konkurrenten um diesen Titel etwas größer geworden, aber warten wir's ab ...

Am Ende der DDR sprach man außerhalb von der »Heldenstadt«. Wie sind die Leipzigerinnen, die Leipziger aber nun wirklich?

Zunächst sind sie Sachsen und deshalb mit den drei grundlegenden sächsischen Eigenschaften ausgerüstet: *helle, heeflich un heemdigsch*. Wer des Sächsischen nicht mächtig ist, wird Schwierigkeiten haben, den Sinn des letzten Begriffs zu entschlüsseln: heimtückisch! Diese Eigenschaft besitzen die Leipziger natürlich nur im Rahmen ihrer charakterlichen Veranlagung.

Helle steht für aufgeweckt, interessiert, anpassungsfähig, wissensdurstig, auch für neugierig.

Heeflich – der Leipziger ist normalerweise ein freundlicher Mensch. Aber es gibt selbstverständlich auch »dischdsche Schdingkschdiefel«!

Heemdigsch – er geht einer Auseinandersetzung mit dem ungehobelten Klotz auf dem Volksfest aus dem Weg, brennt ihm jedoch von hinten mit der Zigarre ein

Loch in den Mantel. *Heemdigsch* steht übrigens auch für nachtragend. Aber in einem positiven Sinne. Was ist »positiv nachtragend«? Er vergißt nichts.

1968 wurde in Leipzig die Universitätskirche gesprengt – ein spätgotischer Sakralbau, den Martin Luther 1545 zur protestantischen Kirche geweiht hatte. Die Partei mit Walter Ulbricht an der Spitze wollte keine Kirche am Karl-Marx-Platz. Mit einer Gegenstimme beschloß die Leipziger (!) Stadtverordnetenversammlung die Zerstörung. Am 30. Mai 1968 wurde die Kirche, die den Krieg unbeschadet überstanden hatte – mit einem noch vorhandenen Teil des Kreuzgangs aus dem 13. Jahrhundert – nachträglich in Trümmer verwandelt. Die Leipziger haben das den Genossinnen und Genossen und den lieben Blockfreunden nie verziehen. Ja, auch die christlichen Brüder und Schwestern der in die West-CDU eingegangenen Ost-CDU stimmten bis auf einen Pfarrer für die Zerstörung des Gotteshauses.

Als sich der Rauch der Sprengung verzogen hatte, war durch die Lücke plötzlich die benachbarte Nikolaikirche zu sehen! Aus der Sicht von heute ein Symbol – da ging alles weiter. Und *wie* es weiterging! Wenn auch mit einer kleinen Pause von einundzwanzig Jahren. Das nenne ich *heemdigsch* – diese späte Rache der Leipziger!

Sie werden diesen Zusammenhang in keinem Geschichtsbuch als Motiv für den gelungenen Umsturz finden, aber ich glaube fest daran. Ein Teil der Leipziger ist also mutig zu nennen.

Als nach den Panzern von 1953 in der DDR überall relative Ruhe einzog, gab es in Leipzig 1965 (von jungen Leuten für ihre langen Haare und Beatmusik) und 1968 (wegen der Universitätskirche) Demonstrationen. Zu einer Zeit, als die Mauer sehr hoch, die Grenze sehr dicht und »Ausreiseantrag« noch ein Fremdwort war.

Für den Herbst 1989 spielte auch das eine Rolle: Vertreter beiderlei Geschlechts verplaudern sich gern. Diese Eigenschaft zeigt sich vor allem in den berühmten sächsischen Kaffeestunden. Während der Erzählung wird weit ausgeholt. Seitenlinien der Geschichte werden gestreift, Verästelungen. Und schließlich die berühmte sächsische Erkenntnis: »Awwr das wolld ich gar nich erzähln!« Dieses Redebedürfnis hatte gute Seiten: Nicht umsonst war Sachsen Hauptregion der Aufklärung!

Mentalitäten erhalten eine historische Dimension. In der DDR wurde aus Schwatzen – Informieren! Die Leipziger ersetzten die schlaffen Medien in Eigeninitiative und klärten sich gegenseitig auf. Selbst Parteimitglieder unterliefen die geforderte Disziplin, Informationen von Funktionären, die mit dem Satz »Das geht aber mal aus diesem Raum nicht raus!« eingeleitet wurden, diese mystische Beschwörung, daß die Information wie ein Geist schwebend im Raum zu verbleiben habe, waren in den Wind gesprochen. »Das« ging garantiert hinaus und machte weiter die Runde mit dem Einleitungssatz: »Behalte das mal für dich.« Das aber ist keinem Sachsen zuzumuten!

Eine andere Besonderheit in unserer Stadt: viele der bekanntesten Leipziger sind keine Leipziger! Also sie sind's schon, aber sie sind nicht hier geboren! Den Thomaskantor Johann Sebastian Bach, den Gewandhauskapellmeister Felix Mendelssohn Bartholdy, den hier tätigen Christian Fürchtegott Gellert, die Verleger Brockhaus, Breitkopf genauso wie die heutige Prominenz: Masur, Mattheuer, Tübke oder Loest – sie alle zog die Messe-, Musik- und Bücherstadt an.

Kurios ist allerdings: von den in der Messestadt geborenen berühmten Leuten werden manche glatt vergessen. Wo ist die Ehrung für Carl Sternheim oder Thomas Theodor Heine? Nirgends. Das Geburtshaus von Richard

Wagner wurde 1886 am Brühl abgerissen, um ein Kaufhaus zu bauen. Für ein Wagner-Denkmal wurde zweimal an verschiedenen Stellen ein Grundstein gelegt, der Sockel dafür – mit Reliefs von Max Klinger – steht seit Jahrzehnten in einem Park. 1983 wurde endlich ein von Klinger geschaffener Kopf des Komponisten in den Schwanenteich-Anlagen hinter der Oper auf einer Stele plaziert. Die Ehrung erfolgte 170 Jahre nach seiner Geburt.

Max Beckmann, den bedeutenden Expressionisten, ehrte man erst in den späten DDR-Jahren, indem eine Straße seinen Namen erhielt. Von Sir Bernard Katz, dem von der Queen geadelten Nobelpreisträger für Medizin in London, wußte noch in den achtziger Jahren niemand in Leipzig. Er ist hier geboren, zur Schule gegangen, hat hier studiert und promoviert, ehe ihn die Nazis vertrieben. Nach der Wende wurde er Ehrendoktor der Universität.

Anton Philipp Reclam, von dessen Taschenbüchern seiner Universalbibliothek bisher über 500 Millionen Exemplare verkauft wurden, bekam schließlich im Januar 1996, zu seinem 100. Todestag, eine Gedenktafel.

Wer regierte in der Stadt Leipzig? Es scheint so, als wären die Geschicke der Stadt zumeist von Leuten gelenkt worden, die von außerhalb kamen, oft nach dem Studium hier blieben. Dabei spielten die Leipziger Mädchen eine nicht unerhebliche Rolle. Aber darauf komme ich noch zurück.

Ob Zoo oder Universität, um zwei Institutionen zu nennen, die in einheimischer Hand sind – weder Direktor noch Rektor wurden in Leipzig geboren. Diese Tendenz verstärkte sich natürlich nach der Wende enorm! Oberbürgermeister, Direktorin des Messeamtes, Chef der Leipziger Volkszeitung – alles Neuleipziger aus den alten Ländern. Die Leipziger waren nie fremdenfeindlich: Funktionen soll übernehmen, wer es am besten ver-

158

steht. Ein progressives Bürgertum hat die Stadt in der Vergangenheit vorangebracht. Daran wollen wir wieder anschließen. Aber sie sehen heute mitunter auch Damen und Herren auf Posten, die sie vermutlich zwischen Nordsee und Alpen nie bekommen hätten. Allerdings kritisieren viele Leipziger auch lieber die Macht, als daß sie welche übernehmen.

Um noch einmal einen Blick in die Vergangenheit zu riskieren: Wenn auch mit der Zerstörung der Universitätskirche in Leipzig der Gipfel der Kulturbarbarei erreicht wurde – zimperlich gingen die früheren Stadtväter – wie schon bei Wagners Geburtshaus zu sehen ist – mit dem Erbe der Altvorderen nie um. Die alte Thomasschule, in der Bach wirkte, wurde genauso abgerissen wie das vom Zwinger-Baumeister Pöppelmann entworfene Peterstor. Das Alte Rathaus, eines der schönsten Renaissancebauwerke Europas, entging Anfang des Jahrhunderts mit einer Stimme Mehrheit der Zerstörung. In der DDR regierte viele Jahre die Abrißbirne. Trotzdem blieb glücklicherweise genügend übrig, so daß der Leipzig-Unkundige beim ersten Besuch ins Schwärmen gerät. In Sachen Gründerzeit und Jugendstil ist die Messestadt in Deutschland einmalig. Ein Zeichen ihrer dominierenden wirtschaftlichen Rolle in jener Zeit.

Die Leipziger lieben ihr Zentrum. Sie verstehen darunter den alten Stadtkern innerhalb des Rings. Dahin streben sie, wenn sie »in die Stadt« gehen. Als gäbe es noch die alten Tore.

Seitdem sie die Bausünden in den großen Städten der alten Bundesländer gesehen haben, ist ihnen noch bewußter, was sie besitzen. Leipzig ist durch sein eng bebautes Zentrum mit der alten Straßen- und Gassenstruktur, mit den Passagen und Höfen vermutlich die gemütlichste Großstadt Deutschlands.

Eine Stadt zum Flanieren und Einkaufen, um sich in Kneipen und Cafés zu unterhalten, um Groß- und Kleinkunst zu erleben. Musikliebend sind die Leipziger seit Jahrhunderten. Nicht umsonst gründete Mendelssohn Bartholdy hier 1843 das erste Konservatorium Deutschlands, die Gewandhauskonzerte sind das älteste deutsche Konzertunternehmen, der Thomanerchor ist weltberühmt. Die Bewohner nehmen ihre »Stadt« immer mehr als gute Stube an.

Im Sommer lauschten sie zu Tausenden nachts auf dem Markt beim Wein den »classic open«. Auf einer Videowand spielten die großen Orchester der Welt. In einstmals verfallene Höfe zieht Gastronomie ein, auch wird darin Theater gespielt. In Gassen sitzt man heute beim Glas Wein, wo früher die Tristesse hockte. Die Leipziger genießen neue Lebensräume, werden – so weit sie es sich finanziell leisten können – auch lebenslustiger. Pro Monat öffnen hier mindestens zwei neue Kneipen.

Apropos: In Leipzig existieren noch Stammtische, die in einer guten Tradition stehen. Im vorigen Jahrhundert gab es zum Beispiel den berühmten »Verbrecherstammtisch« der 48er Revolutionäre in einem Restaurant am Brühl oder in den zwanziger Jahren unseres Jahrhunderts die »Eierkiste«, zu der u. a. der Germanistikprofessor Georg Witkowski, der Buchillustrator Hugo Steiner-Prag oder Günter Ramin gehörten. Diese Tradition ist in Leipzig nach dem Krieg fortgeführt worden. Stammtische sind Nischen besonderer Art gewesen, ob im »Kaffeebaum«, im »Café Corso«, im »Schwalbennest« oder in »Pfeifer's Weinstuben«. Dort waren Leute zu finden wie der langjährige Rektor der Karl-Marx-Universität, Professor Georg Mayer (im Volksmund nur der »Mayer-Schorsch« genannt), Künstler, Ärzte oder Geschäftsleute. Die Stammtische haben im Gegensatz zu manchen Lokalen auch die

Wende überstanden. Nun trifft man sich an neuen Orten. Das Kommunikationssystem funktioniert. So viel Zeit muß sein. Selbst in der Marktwirtschaft!

Natürlich sitzen auch Frauen am Tisch! Hier wird nicht dumpfdeutscher Stammtischmentalität gefrönt, man tauscht sich aus – über Gott und die Welt. Erfahrungen mit Menschen und Ämtern werden weitergegeben. Das ist ein Stück Lebenshilfe in Zeiten, wo sich alles verändert: Gemeinschaft als Lebensqualität. Das geht quer durch alle sozialen Schichten. Es gibt auch Frauenstammtische, die selbstverständlich nichts gegen »Herrenbesuche« haben. Treffpunkte außerhalb von Feminismus und Macho-Gehabe. Einige Mitglieder des Stammtisches »Gogelmohsch«, den ich 1984 – also lange vor der Gründung des gleichnamigen Leipziger Kabaretts – ins Leben rief, geben die 1919 von Hans Reimann gegründete satirisch-humoristische Zeitschrift »Der Drache« wieder heraus. Satire hat in Leipzig sowieso eine Heimstatt. Sieben Kabaretts gibt es allein im Stadtzentrum – das ist deutscher Rekord. Die Leipziger haben Witz. Und deshalb findet hier jährlich im Oktober das europäische Humor- und Satirefestival »Lachmesse« statt. Die Kabarettisten sind vom Leipziger Publikum begeistert. Das reagiert besonders schnell.

Seit Jahrhunderten sind die Leipziger in Gastfreundschaft geübt, denn die Mehrheit der Messebesucher wohnte immer privat. Die Messen haben die Menschen geprägt, die Gespräche mit Gästen aus aller Welt, die zu DDR-Zeiten geschmuggelten Bücher und Zeitschriften. Leipzig lag nie richtig hinter dem Eisernen Vorhang. Es blieb ein Guckloch. Im Frühjahr und im Herbst.

Die Leute in Leipzig haben ihren eigenen Kopf, ohne halsstarrig zu sein. Sie sind nicht kleinkariert. Das hat der halbjährliche Kontakt mit der Welt schon verhindert.

Sollten Sie als Messegast einmal in Leipzig gewesen sein, dann haben Sie garantiert eine besondere Eigenschaft der Bewohner erlebt: auf eine Frage gibt es nicht einfach eine Antwort, sondern meist eine Geschichte. Der Umkreis der Frage wird mit Erzählungen abgesteckt, die dann wieder mit dem legendären Satz enden: »Awwr das wolld ich gar nich erzähln!«

Sollten Sie Ihre Frage in der Straßenbahn oder im Restaurant stellen, dann antworten selbst Leute, die Sie gar nicht fragten. Sachsen geben gern Auskunft. Auch über sich.

Neulich war ich in einem Antiquariat. Ein Mann kam herein und erzählte, daß er zu Hause viele Bücher habe und einige davon verkaufen möchte. Er hätte als Rentner viel Zeit, abgesehen von seiner Gartenarbeit, und würde sich einmal hinsetzen, um die Titel aufzuschreiben, damit er nicht zwei Koffer umsonst hierher schleppte. Er käme mit den Listen vorbei, weil er schon wüßte, daß das Ihnen so recht sei. Die Buchhändlerin konnte immer nur nicken, eine Frage gab es nicht zu beantworten, es blieb beim »Auf Wiedersehen!« Und der Mann freute sich riesig über die Bestätigung, daß er Bescheid wußte ...

Übrigens: Wundern Sie sich nicht, wenn Sie in Leipzig einkaufen gehen und an der Kasse beim Bezahlen gefragt werden: »Hamm Sie manchmal ä Fimfer?« Dann geht es nicht darum, ob Sie manchmal, sondern just in dem Moment mit einem Fünfpfennigstück dienen können. Diese Redensart ist eine typische Leipziger Besonderheit.

Was im Leipziger Dialekt auffällt: Das Französisch im Sächsischen! Wie Sie wissen, kämpften die Sachsen bei der Völkerschlacht auf der falschen Seite ... na ja, ist schon eine Weile her – Schwamm drüber. Immerhin hat Napoleon von seinen »tapferen Sachsen« gesprochen. Aus jener Zeit stammt wohl auch eine Reihe von Wörtern,

162

die die Leipziger entsprechend eingesächselt haben und die bis heute in Gebrauch sind. So zum Beispiel »Bufferdzche« (poverté) für eine schlechte Wohnung, »bliemerand« (bleumourant) für unheimlich bzw. angst und bange, »laweede« (la bete) für kaputt, erschöpft oder »räduhr« (retour) für zurück. Auch ein Abschiedsgruß leitet sich aus dem Französischen ab. Aber aus »Adieu« wurde hier »Addche«. Und statt des in Deutschland viel gebrauchten »Machs gut!« können Sie in Leipzig »Machs Addche!« hören. Das wiederum beweist – auch für Nonsens haben die Messestädter etwas übrig. Die Inschrift an der Rathausuhr »MORS CERTA – HORA INCERTA« übersetzen sie mit: Todsicher geht die Uhr falsch.

Nonsens-Witze gibt es viele. Zwei Sachsen treffen sich im fernen Jerewan. »Sinn Se vielleichd aus Leibzsch?«

»Nee.«

»Ich ooch nich.«

»Na, so ee Zufall!«

Die Sachsen haben für die Absurdität im Leben ein Gefühl.

Was ist noch besonders in Leipzig? Natürlich die Frauen. Denn sie besitzen eben den sächsischen Charme! Im besten Fall ist die Sächsin die ideale Kombination von Mutter, Arbeitnehmerin, Hausfrau und Geliebter. Und viele emanzipierten sich zum Glück nicht in die falsche Richtung, haben nicht die schlechten Eigenschaften der Männer übernommen und gedacht: Das ist es! Deshalb werben Männer aus allen deutschen Landstrichen um unsere Frauen! Und manch ausländischer Messegast holte sich zu DDR-Zeiten eine Leipzigerin in seine Heimat. Darum wandern unsere Schönen heute in den Bergen von Ekuador und jauchzen im Riesenrad des Wiener Praters.

Und das Beruhigendste an diesem Segen der Natur ist – sie wachsen immer wieder nach! Glauben Sie einem erfahrenen Mann Anfang der fünfzig: je älter ich werde, desto mehr werden es!

Und seit einigen Jahren vermischen sich die jungen Altleipzigerinnen mit den jungen Neuleipzigerinnen. Das hätten sich die Herren aus Hannover und München nie träumen lassen, daß sie einmal sächsisch sprechende Kinder ihr eigen nennen würden ...

Noch etwas Schönes: Die Leipziger gärtnern gern. Schließlich hatte hier ein Herr Dr. Daniel Gottlob Moritz Schreber die Idee vom Gärtchen für alle. Damit leistete er Bahnbrechendes für die Liebe zur Natur, für die Erholung und für das deutsche Spießertum! Im August 1996 wurde in Leipzig das Deutsche Museum der Kleingärtnerbewegung an historischer Stätte eröffnet – das erste seiner Art in der Welt!

Vermutlich ist auch der Gartenzwerg eine sächsische Erfindung. Dieter Hallervorden besitzt seit kurzem einen. Und wer hat ihm das bunte Männlein zum 60. Geburtstag geschenkt? Der Sachse Wolfgang Stumph. Awwr das wolld ich gar nich erzähln.

Tausende streben am Wochenende in die reichlich vorhandenen Kleingartenanlagen. Doch seien wir gerecht: Nicht jeder Kleingärtner ist auch ein Kleingeist!

Eines steht fest: die begehrlichen Blicke der Immobilienhaie ins beruhigende Grün sind verschwendete Mühe! Wenn es an die Gärten geht, ist die nächste Revolution schon vorprogrammiert! Da werden die Männer und Frauen von der »Morgensonne« bis zum »Abendland« den Herren in den wehenden Mänteln zeigen, was eine Harke ist! Im Moment zeigen sie die erst mal den Einbrechern, indem sie in den Anlagen Streife laufen. Tausende von Einbrüchen in die Idylle sind ihnen genug.

Daran sehen Sie: die Leipziger schauen nicht nur zu, sie mischen sich auch ein. Das Selbstverständnis, sich um vieles zu kümmern, ist weit verbreitet. Daß vieles nicht zu ändern ist, wie von Ämtern zu hören – das leuchtet den Leipzigern nicht ein. Daß in der Stadt einige Neubauten aussehen wie schlechte DDR-Architektur oder daß es »in der Stadt« auf engem Raum acht Schuhläden gibt. Daß man in den denkmalgeschützten größten Kopfbahnhof Europas ein Auto-Parkdeck einbaut oder daß immer noch Bürohäuser hochgezogen werden, die niemand braucht. Daß man Märkte auf der grünen Wiese genehmigte und sich dann wunderte, daß die Leute nicht mehr im Zentrum der Stadt einkauften oder, oder – *das* leuchtet den Leipzigern nicht ein!

Weil ich gerade vom Bahnhof sprach (wir haben mit dem Bayrischen Bahnhof übrigens noch den ältesten Kopfbahnhof der Welt!): Reisen ist auch eins der Lebenselixiere der Leipziger. Es gibt jede Menge Reisebüros. Die Bewohner von »Klein-Paris« zieht es – neben dem Süden – vor allem auch in die schöne Stadt an der Seine. Es ist in Deutschland relativ unbekannt, daß der wahre Retter von Paris der Leipziger Oberleutnant Ernst von Bressensdorf war. Er hatte als Dechiffrierer seinem Vorgesetzten eine direkte Weisung Hitlers, die berühmten Bauwerke von Paris zu zerstören, vierzehn Stunden verschwiegen. Nach dieser Zeit war es dazu zu spät, weil die Alliierten näherrückten.

Andererseits las ich in einem Buch, daß ein Leipziger im Ersten Weltkrieg den Flammenwerfer erfunden haben soll ... Sie sehen, unserer Stadt entstammen sehr gegensätzliche Charaktere!

Aber Positives überwiegt. Rekorde hat unsere Stadt zuhauf zu bieten! Die älteste Messe der Welt! Das erste Mustermessehaus der Welt war das »Städtische Kaufhaus«, das erste Untergrundmessehaus wurde unter dem Markt erbaut, die erste deutsche Handelshochschule entstand hier genauso wie die erste Hochschule für Frauen. Die Liste der »Ersten« könnte noch ein ganzes Stück weitergeführt werden.

Wie fühlen sich die Leipziger heute?

Nach einer Umfrage sieht jeder dritte sein Leben optimistisch. Neununddreißig Prozent stufen ihre wirtschaftliche Perspektive als »sehr gut« oder »gut« ein, dreiunddreißig Prozent als »teils-teils«. Nur vierzehn Prozent erwarten für die nächsten Monate größere Schwierigkeiten. Von wegen »Jammer-Ossis«!

Umzugsfirmen haben Konjunktur. Die Möbelwagen rattern über die Straßen. Fast jeder zweite zieht um. Siebzehn Prozent davon in eine eigene Wohnung oder gar in ein Haus.

Jene, die umziehen, weil sie sich die Miete nicht mehr leisten können, hat die Statistik nicht erfaßt. In meinem Haus sind das allein fünf Familien. Also, wenn ich das hochrechne … lieber nicht!

Was wünschen sich die Leipziger? Arbeit, bessere Ausbildungsmöglichkeiten, Bekämpfung der Kriminalität. Da bleibt nur Hoffnung. Die in den zwanziger Jahren in ganz Deutschland bekannte Leipziger Dialektdichterin Lene Voigt schrieb seinerzeit in ihrem Gedicht »Unverwüstlich«:

> »Was Sachsen sinn von echtem Schlaach,
>   die sinn nich dod zu kriechn.
> Driffd die ooch Gummer Daach fier Daach,
>   ihr froher Mut wärd siechen …«

Ein sächsischer Trost. Die aktuelle Variante, die ich in unseren Tagen hörte, lautet:

»Das Schlimmste befürchdn un das Bäsde hoffn!«

(1997)

Der Drache aus Dresden

Ich glaube, wenn man jemanden im Leben gern treffen möchte, dann trifft man ihn auch. Mir ging das mit einem der beliebtesten deutschen Schauspieler so: Rolf Ludwig.

Als Kind sah ich ihn schon gern im Film. Seine Darstellung des kriegsmüden Soldaten in »Das Feuerzeug« begeisterte uns. In seinen, mitunter im historischen Milieu spielenden DEFA-Filmen war er für uns der »Gerard Philipe der DDR«.

Als Student sah ich ihn dann im Deutschen Theater im »Drachen«. Unvergeßlich! Vor allem sein berühmter Treppengang als uraltes Ungetüm! Etwa sechshundertmal begeisterte er das Publikum in der Märchenkomödie von Jewgeni Schwarz. Menschen, die in einer Diktatur lebten, konnten einen Drache leicht ins tägliche Leben übersetzen ... Die Inszenierung von Benno Besson war Welttheater. Wir, in unserem kleinen Land wußten das nur nicht, fehlte uns doch jeglicher Vergleich. Auch den Truffaldino aus »Diener zweier Herrn« spielte Rolf Ludwig zehn Jahre vor ausverkauften Haus!

Gunter Böhnke und ich trafen ihn auf dem MDR-Riverboat. Als wir ihn mit »Herr Ludwig« ansprachen, antwortete er: »Kommt, sagt du, ich hab in meiner Jugend auch Kabarett gespielt! Im Kriegsgefangenenlager.«

Die Truppe hieß »Waschbrett« und beschäftigte sich mit den Konflikten, die die Gefangenschaft in einem englischen Lager mit sich brachte. Eckart Hachfeld leitete das Kabarett. Er schrieb nach dem Krieg für die Großen der Kleinkunst: Wolfgang Neuss, Kay und Lore

167

Lorentz und für die Lach- und Schießgesellschaft. Sogar Theater wurde im Lodge Moor Camp gespielt. Ludwig gestaltete seine Rollen damals noch stark im heimatlichen Idiom. Im Lager spielte auch ein Mann, der später oft auf der Leinwand als etwas unheimlicher Typ zu sehen war: Klaus Kinsky.

Aus Rolf Ludwig sprudelten wunderbare und heitere Geschichten. Den meisten Spaß hatten wir mit ihm und dem Schweizer Ex-Kabarettisten Emil *vor* der Sendung – wäre die Hälfte davon über den Sender gegangen, wäre *das* eine tolle Sendung geworden!

Für Rolf Ludwig blieb viel zu wenig Zeit, und bei seinem Talent, Geschichten zu erzählen, tat mir das besonders leid. Ich nahm mir vor, mit ihm einmal einen ganzen Abend zu plaudern.

Einige Monate später machten wir das auf der Bühne des »academixer«-Kellers vor überfülltem Haus wahr. Ein herrlicher Abend! Die Leute waren selig und lachten über sein anekdotenreiches Leben, das er in seine Buch »Nüchtern betrachtet« so schön beschrieben hat.

Er wuchs in Dresden auf. Mit 13 Jahren wurde er vom Mathematikunterricht befreit. Darum beneide ich ihn heute noch! Er konnte nie mit Zahlen umgehen. »Nach einem Unfall verschlimmerte sich die Sache zeitweise. Schwindel- und Migräneanfälle kultivierte ich in der Schule bis zur Ohnmacht. Wenn der Lehrer diesen seltsamen Satz sagte: ›Rolf, komm an die Tafel!‹, wurde ich schneeweiß im Gesicht.«

Um die Geschichte zu illustrieren, wollte er uns ein Beispiel für sein mathematisches Nichtkönnen geben. »Also, nehmen wir mal folgende Aufgabe an: Ein Zug fährt 11 Uhr 22 ab Pirna ... also ab Bärne off guhd säggs'sch ... also ein Zug ... wann is er abgefahrn!?«

Schon war die Zahl wieder weg, und das Publikum lag vor Lachen flach.

Mit neunzehn Jahren war er ein blutjunger Leutnant der Luftwaffe. Wie alle Flieger liebt er die Bücher von Saint-Exupéry.

Eine seiner Lebensmaximen: »Ohne Humor ist das Leben ein Irrtum.« Er ist überzeugt: »Irgend jemand sitzt da oben auf einem Stern und schreibt in ein Buch, wie oft du die Menschen zum Lachen gebracht hast.« Vielleicht ist es ja der kleine Prinz.

Rolf Ludwig lernte in der Elbestadt zunächst Kartolithograph.

»Ich kann fälschen!« behauptete er nicht ohne Stolz. Im Kriegsgefangenenlager hat er ohne Schwierigkeiten das Lagergeld nachgemacht.

Er kann fälschen, ist aber ein absolutes Original. Der Schalk blitzt ihm immer aus den Augen. Drum findet auch Thomas Langhoff, daß Rolf Ludwig »einer der letzten Schelme auf dieser Welt ist«. Ein Mensch mit Verständnis für alles Menschliche. Ronald Paris nannte ihn einen »philosophischen Praktiker«. Das ist er. Ich habe noch nie jemand ganz beiläufig so philosophieren hören wie ihn.

Eine internationale Karriere blieb ihm versagt, weil er den obersten Kultur-Genossen nicht koscher war. Die großen Angebote aus dem Westen durfte er nicht annehmen. Zum Beispiel die Hauptrolle in »Heimatmuseum« nach Siegfried Lenz oder eine Rolle in »Momo«. Zu verantworten hat das ein Mann, der heute noch ganz in seiner Nähe wohnt und den er machmal beim Einkaufen trifft: Kurt Hager. »Wir lassen Sie vom Kapitalismus nicht versauen!« hatte er seinerzeit gesagt und ihm tatsächlich einiges »versaut«. Neben seine Unterschrift auf Postkarten malt Rolf Ludwig stets drei stilisierte fliegende Vögel.

Für ihn vermutlich Symbole für Glück, Freiheit und vor allem – fürs Fliegen …

Über siebzig ist er nun, und ich hoffe, daß er noch ein langes Leben vor sich hat. Die Hoffnung ist begründet: Drachen werden normalerweise sehr alt!

Rolf Ludwig starb am 27. 3. 1999.

Logik

Unser Sohn Sascha wuchs in einem christlichen Kindergarten auf. Auf dem Hof spielten die Jungen und Mädchen auch mit behinderten Kindern, die im gleichen
Haus eine Heimstatt hatten. Diese Kinder waren teilweise
motorisch gestört, und deshalb wurden die anderen darüber aufgeklärt, daß solch ein Kind hin und wieder durch
eine unkontrollierte Bewegung einem anderen unwis-
sentlich weh tun kann. Man solle dafür Verständnis haben. Das verstanden die Mädchen und Jungen aus dem
Kindergarten unseres Sohnes und stellten sich darauf ein.

Eines Tages beobachteten wir auf der Straße in unserem Wohnviertel, wie Sascha, in einem Handwagen sit-
zend, von einem anderen Kind an den Haaren gezogen
wurde und sich nicht wehrte.

Von uns darauf angesprochen, meinte er, wer so etwas ohne Grund mache, der könne doch nur behindert
sein.

Lafontaine im Gewandhaus

Auf der Rückseite der Karte stand: »Aus rechtlichen Gründen und im Interesse eines ungestörten Konzertverlaufes sind Fotografieren, Filmen sowie Tonaufzeichnungen während des Konzertes nicht gestattet.«

Der Solist des Konzertes war Oskar Lafontaine. Mit ihm unterhielt sich im Kleinen Saal Dieter Zimmer.

Um es vorwegzunehmen: Der Zimmer war gut.

Da es kein Konzert war, hätte ich also den Mann fotografieren, filmen und aufnehmen können. Aber warum!? Der Napoleon von der Saar haute uns Zahlen um die Ohren und benutzte Wörter, die ich zwar als der deutschen Sprache zugehörig empfand, deren Sinn mir aber oft verschlüsselt blieb.

Abgabensenkungsdurchschnittserhöhung ... oder so ähnlich.

Nach Visionen befragt, hatte er auch welche: Daß keiner mehr hungert, daß die Welt erhalten bleibt, daß nie eine Mutter mehr ihren Sohn beweint ... nein ... das letzte Zitat ist mir jetzt hier reingerutscht und stammt meines Erachtens aus einem Lied ... Daß mich der Klang seiner Stimme manchmal an Honecker erinnert – also dafür kann er ja wirklich nichts. Diese Tonlage hat man wahrscheinlich im Saarland.

Lafontaine sagte, daß er als sozial denkender Mensch einiges einfach nicht mehr bereit ist mitzumachen.

Toll!

Und vor allem auch und gerade als überzeugter Katholik (Ich dachte immer, die sind alle in der CDU/CSU)! Ein überzeugter Katholik ist er also – aber Moment mal, wie war das eigentlich damals mit seinen Verbindungen zum Rotlichtmilieu ...?

Er sprach über die Besserverdienenden, denen dieser Staat immer mehr in den Rachen wirft.

Und wie war das damals, als sich herausstellte, daß er – woher doch gleich? – zuviel Geld überwiesen bekam und das gar nicht gemerkt hatte? Waren das nicht über Hunderttausend Mark!? Man vergißt ja so schnell!

Seinen schönsten Satz habe ich mir aufgeschrieben. Auf die Ausführung eines Zuhörers sagte er: »Wenn ich Sie jetzt richtig verstanden habe, dann haben Sie das falsch wiedergegeben.«

Der Satz hat was! Vor allem von der Absurdität der Politik!

Mir gingen während der hundert Minuten zwei Fragen nicht aus meinem Kopf, die ich aber doch nicht stellte:

1. Herr Lafontaine, haben Sie Ihre Blechtrommel mit?

2. Wir stehen kurz vor der Jahrtausendwende. Was glauben Sie, wie lange lassen sich die Völker noch von Parteien regieren?«

Wie hätte er sie beantwortet ...?

Aber der Zimmer war gut.

Ein Glück

Eins kann ich Ihnen sagen: Den Chinesen müssen wir von Herzen dankbar sein.

Warum?

Na, daß es dort noch so einen verkorksten Sozialismus gibt!

So viele Fahrräder!

So wenig Autos!

Obwohl: Die wollen natürlich auch Autos!

Drum ist es ein Segen für die Menschheit, daß dort noch – ich betone: *noch*! – die Kommunisten regieren. Wenn China eines Tages die Verkehrsdichte von Deutschland erreicht hat, und das kann schon in zehn Jahren sein, dann fahren dort 780 Millionen Fahrzeuge!

780 Millionen!

Dann gibt's kein Ozonloch mehr?

Warum? Weil dann das ganze Ozon weg ist!

Dann gibt es nur noch Loch!

Ausstellungseröffnung

In wenigen Jahren wird vieles den Stempel einer anderen Zeit tragen. Sie werden ein Auto aus dem vorigen Jahrhundert fahren ... daran haben Sie noch gar nicht gedacht? Na klar, Ihre Wohnungseinrichtung, Ihre Bekleidung, alles wird mit einem Mal sehr alt wirken!

Ein neues Jahrhundert winkt, und ein Jahrtausend gar wendet sich! Die Neun von 1900 und ... wird Ihnen aus Akten, Geburtsurkunden und Briefen wie ein Gruß aus einer fernen Zeit erscheinen. Erinnern wir uns: Noch nie ist der Fortschritt der Menschheit so fortgeschritten wie in den vergangenen Jahrzehnten.

Was hat das 20. Jahrhundert nicht alles hervorgebracht:

Die Rolltreppe und den Rollkragenpullover.
Den Raupenschlepper und den Fliegenspray.
Die Sättigungsbeilage und den Rauchverzehrer.
Den Gabelstapler und das Klappmesser.
Das Hörgerät und das Abhörgerät.
Den Gummiknüppel und die Dreschmaschine.
Den Stacheldraht und die Schlaraffiamatratze.
Die Kopfstütze und die Handgranate.
Die Tretmine und den Treteimer.
Die Wasserpistole und das Maschinengewehr.
Den Gasbadeofen und die Gasmaske.
Die Atombombe und das Sonnenschutzöl.

Und so geht das immer weiter. Oder eben nicht. Das kommt auf die Erfindungen an.

Geduld

Spinnen mag ich nicht besonders, trotzdem befreie ich mutig meine Frau im Schlafzimmer von ihrem Anblick. Es könnte ja sein, daß sie doch ins Bett gekrabbelt kommen ...

Etwas imponiert mir allerdings an diesen Tierchen: sie sind die einzigen, die das ewige Jagen nach der Beute nicht mitmachen. Sie spinnen ihr Netz und warten. Keine Hektik, keine Hatz. Sie haben Zeit.

Landet irgendwann eine Fliege im Netz, ist der Tag gesichert.

Wir können nicht mehr warten, bis uns etwas zufliegt.

Wir jagen zuviel.

Wir spinnen zuwenig.